SAO SWORD ART

「這雖然是遊戲，
但可不是鬧著玩的。」

——「SAO刀劍神域」設計者．茅場晶彥——

SWORD ART ONLINE
unital ring

REKI KAWAHARA

abec

bee-pee

027

1

帶著無法估計的衝擊與驚愕而瞪大的紅葉色眼睛。

以及白色皮革面具底下因為納悶而瞇起的翡翠色眼睛。

我默默地凝視著這完全相反的兩種視線在空中衝突的模樣。

早該事先就預測到會發生這樣的事情。從長達一百四十年的睡眠當中醒過來的整合騎士緹潔·休特里涅·薩提茲，在北聖托利亞修劍學院被我的搭檔尤吉歐選為隨侍劍士之後，就一直對他抱持著愛意。異界戰爭當中被告知尤吉歐死訊時，緹潔的悲傷、心痛甚至強大到連處於心神喪失狀態的我都能意識到。

戰爭結束後，緹潔與羅妮耶一起敘任為整合騎士，二十多歲就生下孩子，之後更凍結天命的減少，在七十五六歲時藉由石化凍結術式(Deep freeze)進入長眠——這似乎就是她們大致上的經歷。但即使經過這麼長的一段時間，緹潔內心對於尤吉歐的思慕之情依然沒有消失吧。

正因為這樣，才會一眼就看出現在的整合機士團長耶歐萊茵·哈連茲竟然與尤吉歐極度相像。即使他的臉龐有一半以上隱藏在白色皮革面具底下。

遲了幾秒鐘後，站在旁邊的羅妮耶似乎也注意到緹潔的異變。循著緹潔的視線看見耶歐萊茵的瞬間，羅妮耶嘴裡也發出猛烈的呼吸聲，原本用雙手立在地面的劍跟著倒下。

這時打破緊繃沉默的人，不是緹潔也不是羅妮耶。

「……騙人……是尤吉歐嗎……？」

發出沙啞顫抖聲音的是身穿白色長袍靠在愛麗絲身邊的少女。也就是愛麗絲心愛的妹妹，賽魯卡·滋貝魯庫。

說起來我跟亞絲娜、愛麗絲會再次來到Underworld，全是因為兩個月前左右在ＲＡＴＨ六本木分公司剛醒過來的我對愛麗絲所說的話。

——妳的妹妹賽魯卡選擇了處於Deep freeze狀態來等待妳回去。現在依然在中央聖堂第八十層那座山丘上沉睡著。

現在的我沒有那個時候的記憶。因為對愛麗絲這麼說的，是在異界戰爭結束後統治了Underworld長達一百年的「星王桐人」。我現在依舊不認為星王跟我是同一個人，甚至覺得這件事有點可疑，但再怎麼說也不可能會欺騙愛麗絲吧。

因此我們為了讓賽魯卡醒過來而再次來到Underworld，歷經重重困難後終於來到中央聖堂，在第八十樓「雲上庭園」發現了石化的賽魯卡、羅妮耶與緹潔。為了解除三個人的Deep freeze狀態，我搭乘同樣封印在中央聖堂的機龍「澤法十三型」跟耶歐萊茵前往伴星亞多米娜，歷經意料之外的冒險後入手了解除石化的藥。

急忙回到主星卡爾迪娜，把藥交給愛麗絲後首先讓賽魯卡醒過來，看見終於再次相見的姊妹互相擁抱，就覺得真是可喜可賀……

「尤吉歐……還活著嗎……？」

再次說出這個名字的賽魯卡，朝著耶歐萊茵走進一步、兩步。緹潔與羅妮耶則像是變回石化狀態般整個人僵住了。

整合機士團長以困惑的表情瞄了這邊一眼。站在他左側的絲緹卡與羅蘭涅把機士團制式帽子戴得很深，不過耶歐萊茵跟我一樣還穿著飛行服，所以有些凌亂的亞麻色頭髮是整個外露。

一看見跟尤吉歐完全相同的色澤，而且同樣是自然捲的髮質，我也不知道該跟賽魯卡說些什麼才好了。亞絲娜與愛麗絲也沒有任何動作。

緊繃的空氣——

突然被類似悲鳴的尖銳聲音撕裂。

「啾！啾啾嚕————！」

一看之下，草地上方有一個茶色塊狀物像在滾動——不對，實際上跌倒好幾次還是跑了過來。在兩公尺前方高高跳起，撲進了羅妮耶的胸口。

「啾嚕！啾嚕嚕嚕！」

以尖銳聲音叫喚著的小動物是長耳濕鼠納茲。牠揮動長耳朵，不停用鼻尖推擠羅妮耶的臉頰。

「……納茲！」

羅妮耶也用沙啞的聲音叫喚牠的名字，接著就用雙臂抱緊老鼠。

納茲依然啾啾叫著的聲音，跟踩著草地發出的沙沙聲重疊在一起。

爬上斜坡的是過去被稱為升降員的少女，艾莉・托魯姆。她在賽魯卡面前停下腳步，深深行了一個禮之後才以沉穩的聲音呼喚：

「好久不見了，賽魯卡大人。」

接著一邊改變身體的方向——

「緹潔大人、羅妮耶大人，能夠像這樣跟各位見面真的很高興。」

一聽見她柔和的聲音，原本像失了魂般的賽魯卡臉上稍微有了表情。眨了幾下眼睛，雙眼的焦點對準艾莉的臉之後，就露出些許笑容。

「艾莉，不用加『大人』兩個字啦，不是說過好幾次了嗎？」

不知道為什麼，反而是賽魯卡沒有什麼久違了的感覺……這麼想之後才發現這是很正常的事。凍結中搖光是完全停止活動，所以對她來說與艾利只是幾天，甚至是幾個小時沒見面而已。

賽魯卡走向艾莉，緊抱了她一下後才分開。

「看妳這麼有精神真是太好了……艾莉，現在是星界曆幾年了？」

「五八二年十二月七日，賽魯卡大人。」

「五八二年……」

得知在這個地方進入長眠後已經過了一百四十年時光的賽魯卡，這時果然露出受到衝擊的模樣，不過也只有一瞬間瞪大眼睛而已。她轉動臉龐，依序看了緹潔、羅妮耶、納茲、亞絲娜、我以及絲緹卡與羅蘭涅後，再次把視線移回耶歐萊茵身上。

在賽魯卡想說些什麼之前，艾莉就以呢喃般的口氣宣告：

「賽魯卡大人，那位先生不是尤吉歐大人。」

「…………但是……」

也難怪她無法立刻接受這個事實。以另一個人來說實在太過相像了。不只是臉龐與髮色，連體型、站姿還有氛圍都一模一樣。

第二次潛行到Underworld，有許多時間跟耶歐萊茵交流的我，知道他並非一切都跟尤吉歐相同。像是帶著些嘲諷的笑容、看不出內心想法的言行舉止，以及身體不是很好等地方。但就算是這樣，應該稱為靈魂——搖光形狀的東西與尤吉歐重疊的部分實在太多了。

但現在回想起來，艾莉跟耶歐萊茵見面時並沒有露出太驚訝的樣子。她知道些什麼……或者注意到什麼我看不到的東西嗎……當我這麼想的時候。

「那位先生是現在的整合機士團長，耶歐萊茵．哈連茲大人。」

艾莉邊把視線移到羅妮耶與緹潔身上邊這麼表示。

「哈連茲……」

這麼呢喃的是站在我旁邊的羅妮耶。依然抱著納茲的她朝艾莉走近幾步，接著問道：

「那麼是貝爾切的……？」

「是的。貝爾切大人是哈連茲家的第二代當家的話，耶歐萊茵大人就算是目前第七代當家的次男。」

「第七代當家的公子……」

羅妮耶一邊眨眼一邊這麼呢喃。

聽見這個數字後，我就在心裡折著手指數了起來。也就是說，初代當家貝爾庫利．哈連茲的小孩是貝爾切．哈連茲，他曾孫的小孩子是現任當家歐巴斯．哈連茲，而耶歐萊茵又是他的孩子——正確來說是養子。雖然感覺兩百年間傳了八個世代似乎有點多，但是Underworld的結婚與生產的年齡都比現實世界還要低，所以歷經那麼多世代也不是什麼不可思議的事。我記得絲緹卡與羅蘭涅算起來應該也是緹潔與羅妮耶第七代的子孫了。

聽見兩人的對話後，緹潔也終於能夠接受耶歐萊茵不是尤吉歐的事實了吧。撿起掉落在腳邊的長劍後，把它收回白色長袍內側的劍鞘裡，接著移動到艾莉面前。

「……艾莉，妳一直在這裡守護著我們吧。謝謝妳……」

她靜靜抱緊艾莉後，轉身面向我們。

與絲緹卡神似，但顏色略深的眼睛筆直地看著我——

「桐人學長……不對，星王陛下。緹潔・休特里涅・薩提茲謹此復任為騎士。」

凜然如此宣告後，羅妮耶也急忙將納茲放在右肩並且撿起劍。收劍回鞘後小跑步排在緹潔身邊——

「羅妮耶・辛賽西斯・薩提斯里同樣在此復任為騎士！」

行了右拳靠在左胸，左手靠在劍柄頭的整合騎士團式敬禮。我不由得沉浸在「兩個人都有所成長了呢……」的感慨當中，然後才急忙舉起雙手。

「等……等等……雖然這麼說對兩位有點不好意思……」

稍微跟亞絲娜使了個眼神後，我便說出真相。

「我已經不是星王了。」

「「咦！」」

望著異口同聲發出驚訝聲音的羅妮耶與緹潔，正當我想著該從哪裡開始說明的時候。

從設置在高牆上部的開口處流入由無數鐘聲演奏出的旋律，我小聲呢喃了一句「糟糕」。

現實世界的十月三日星期六雖然學校放假，但潛行到Underworld時，神代凜子博士已經對我們說過「到了五點就跟上次一樣以動作指令來登出。沒有回來的話，五點十分就會強制斷線」。現在聽見的正是五點的鐘聲。

「羅妮耶、緹潔、賽魯卡。很抱歉，我、亞絲娜和愛麗絲再過十分鐘就無法待在這個世界了。」

「這……這到底是怎麼回事？」

我盡可能以最快的速度對瞪大眼睛的羅妮耶說明：

「我們是從現實世界潛行……嗯，暫時傳送到Underworld的狀態。然後時間限制是到五點十分為止，超過就會被強制傳送回那個世界。」

「為……為什麼有這種限制呢？」

這次換成緹潔這麼問。但身為前星王的我實在無法回答「因為還有作業」或者「因為媽媽會生氣」。

「總之有很多原因……現在必須說明更加重要的事情才行。」

剛這麼說完，我就在草皮上橫向衝了十公尺左右，移動到並排站著的絲緹卡、羅蘭涅以及耶歐萊茵那裡。

「艾莉已經介紹過耶歐萊茵了吧。首先這位是絲緹卡·休特里涅整合機士。機士的機是機龍的機。」

我邊用手指著絲緹卡邊這麼介紹，結果緹潔就再次瞪大眼睛發出「咦」一聲。

接著又指著羅蘭涅……

「然後這位是羅蘭涅·阿拉貝魯整合機士。」

「咦！」

羅妮耶也發出聲音。

由於被叫到名字，原本一直保持立正姿勢的兩名少女機士才終於像是解開了僵硬狀態。她們以生硬的手勢脫下戴得很深的制式帽子。

跑過來的羅妮耶站到羅蘭涅前面，緹潔則是站到絲緹卡前面。面對面之後，身高是羅妮耶她們高了幾公分，年齡也看起來略長一些，不過還是相似到根本不像隔了六個世代。

跟自己的遠祖或者是子孫面對面是什麼樣的心情呢……我漫不經心地想著這種事情，然後才發覺這樣的邂逅對羅妮耶她們來說並不一定是值得高興的事。

因為絲緹卡與羅蘭涅的存在，純粹就等於緹潔與羅妮耶她們生下的孩子已經不在人世了。只要她們的孩子沒接受過天命凍結。

不過羅妮耶與緹潔至少表面上沒有露出悲傷的模樣，只是各自溫柔地抱住自己的子孫。羅蘭涅她們也畏畏縮縮地舉起雙手來繞過祖先的背部。

擁抱持續了整整五秒以上，但我沒有特地打斷只是默默等待著。最後四個人終於分開，然後一起看向這邊。

「陛下……不對，桐人學長。你剛才所說的重要事情是什麼呢？」

由於羅妮耶把話頭丟了過來，我便在耶歐萊茵不時幫忙下說明起現在整合機士團被捲入的陰謀。

要從絲緹卡與羅蘭涅在搭乘機龍時受到宇宙怪獸深淵之恐懼襲擊開始，一直說到存在於伴星亞多米娜的謎樣基地，以及在該處實行的殘酷實驗，即使是簡約版也要大約五分鐘。距離強制登出恐怕只剩下數十秒。

老實說，很想今晚住在Underworld盡情地跟羅妮耶她們聊一聊。但我在異界戰爭時差點完全喪失搖光，雖說是菊岡誠二郎的委託，再次跟RATH扯上關係應該還是會讓父母親感到不安。所以至少得遵守回家的時間才行。

「羅妮耶、緹潔、賽魯卡。妳們才剛醒過來就這麼說真的很抱歉……不過可不可以幫忙耶歐萊茵他們？我也會盡快趕回來。」

這不是以星王，而是以朋友的身分做出請託，她們三個人則是用力點了點頭。

「當然了，桐人學長！」

「請交給我們吧！」

「真的要快點回來喔！」

羅妮耶、緹潔、賽魯卡依序這麼回答，在這之後……

以前曾經感受過的精神被從肉體剝離的感覺就襲擊了我。眼裡出現的一切全都拖著七彩的尾巴逐漸遠去。

——即使我成為星王，賽魯卡自己也成為神聖術師團長，對我說話的口氣也沒有改變呢。

我就隨著這樣的思考離開了Underworld。

2

眨了幾下眼睛後才抬起眼瞼，隨即看見並排著面板燈的金屬天花板，而且上面的燈光都已調降過亮度。

RATH六本木分部的STL室。吞沒我頭部的Soul Translator，其頭部固定器已經打開了。

我從凝膠床上緩緩撐起身體。轉動脖子就看到暫時設置的總統座椅上躺著身穿制服的愛麗絲。她似乎還沒醒過來，依然閉著眼睛一動也不動。

座椅後面的另一台STL上面，穿著潛行用長袍的亞絲娜正舉起雙手大大伸著懶腰。注意到我的視線之後，她就有些尷尬地微笑了一下，接著以有些沙啞的聲音表示：

「辛苦了，桐人。」

「亞絲娜也辛苦了。」

我從床上來到地板，從牆邊的手推車上拿了一瓶礦泉水，接著移動到亞絲娜面前。亞絲娜道了聲謝後就接過轉開瓶蓋的寶特瓶，然後大口喝起水來。

一看見她這種樣子，我也感覺到強烈的口渴。現在想起來，今天早上五點離開川越的自宅，七點過後就潛行到Underworld裡，算起來已經有十個小時沒有飲食了。神代博士之所以要我們嚴守登出時間，應該是因為繼續連續潛行的話就需要藉由點滴來補充水分了。

打開新的瓶裝水，一口氣喝了將近一半後才大大呼出一口氣。才剛解決口渴，這次換成空腹感襲擊過來，但很遺憾的是手推車上沒有食物，說起來這個房間本來就禁止進食了。這種時候就會羨慕愛麗絲不需要飲食的機械身軀，不過她應該也有許多超乎我想像的辛苦之處吧。

想著這些事情的我，從自己放在手推車下層的背包裡拿出手機。以臉部辨識解鎖的瞬間，畫面上就出現結衣的模樣。

「爸爸、媽媽，長時間潛行辛苦了！」

「結衣也辛苦了。」

如此回答之後就把畫面朝向亞絲娜。亞絲娜也笑著揮了揮手來慰勞心愛的女兒。

「結衣，謝謝妳幫忙監視。沒什麼事情嗎？」

「是的，沒有人試圖入侵ＲＡＴＨ的社內網路。另外監視攝影機也沒有捕捉到可疑的人物。」

「太好了。託結衣的福，我們才能安心地潛行。」

「嘿嘿嘿……」

結衣可愛地笑著，然後以清晰的口吻繼續表示：

「那麼我回Unital ring了。爸爸、媽媽，等一下見！」

「嗯，幫我跟大家打聲招呼。」

再次窺看畫面並且如此表示後，結衣回答了一聲「好的！」就消失了。

把手機放回背包，突然想起某件事的我看向總統座椅。結果愛麗絲依然是閉著眼睛。應該是同時登出才對啊……當我感到疑惑時，似乎也有同樣疑問的亞絲娜就說道：

「愛麗絲還沒醒過來嗎？」

「嗯……已經過了三分鐘了。難道線路發生問題了……」

「去搖她……也沒有用吧。」

嘴裡雖然這麼說，亞絲娜還是下床靠近放在房間正中央的總統座椅。

但伸出去的手快要碰到肩膀之前，就傳出了驅動自動門的馬達聲。

進入ＳＴＬ室的是身穿白袍的神代凜子博士——以及身後的另一個人。

「桐谷小弟、明日奈小姐，歡迎回來。確實補充水分了嗎？」

聽見神代博士這麼問，我就舉起右手的寶特瓶給她看。

「喝了。倒是沒能在五點前登出真的很抱歉。」

「上次不也一樣嗎？我早就料到了。」

明日奈對輕輕聳肩的博士問道：

「凜子小姐，愛麗絲還沒醒過來，發生什麼問題了嗎……？」

「噢，不是的。因為到了五點你們三個人都沒回來，我就想是不是那邊發生了什麼重要的事，所以跟這個人商量之後就只讓愛麗絲繼續潛行。」

這麼說道的神代博士稍微把視線往左後方瞄。

站在那裡的是做涼爽麻外套與圓領襯衫這種瀟灑打扮，臉上無框眼鏡鏡片帶著淡淡顏色的高挑男性。每次跟他見面時，散發的氣氛都有激烈的變化，乍看下像是個好人，實際上只有帶著某種謎團的笑容不曾改變。

「哈囉，菊岡先生。你在這裡做什麼啊？」

我才剛丟出這麼一句話，有時是總務省職員，有時是自衛官，但其實根本不太清楚真實身分的菊岡誠二郎就把微笑變成苦笑並且回答：

「喂喂，我可是創設ＲＡＴＨ的人喔。出現在這裡也沒什麼好奇怪的吧？」

「我聽說你把負責人的職位推給神代博士，自己到處閒晃喲。」

「說閒晃也太難聽了吧。」

亞絲娜也輕輕對以演戲般動作攤開雙手的菊岡點頭。

「好久不見了，菊岡先生。」

「話說回來，跟明日奈小妹大概隔了兩個月沒見吧。看妳這麼有精神真是太好了。」

「謝謝。菊岡先生身上的傷後來怎麼樣了？」

「前陣子醫生保證已經痊癒了，雖然還是留下一些傷痕啦。」

雖然從旁邊聽起來，兩人之間的對話似乎相當友好，但是感覺言語深處隱藏著難以估計的緊張感。實際上，亞絲娜曾對菊岡做出「我把那個人分類在好人與壞人中間」的評論，至於菊岡為什麼看起來也像是有所顧忌，就不知道是因為再次把我們捲進麻煩中的心虛或者是還有其他的理由了。

虛擬世界也就算了，明明亞絲娜在現實世界也不可能在物理上拷問菊岡……當我想著這種沒營養的事情時，神代博士就啪一聲拍了一下手。

「好了，兩個人都準備回家吧。再晚的話，家人會擔心的。」

「咦……但今天不用聽潛行的報告嗎？」

我一這麼問，博士就把視線移向總統座椅。

「我之後會問愛麗絲。雖然長時間潛行一定很累了，但很抱歉還是要請桐人幫忙跟菊岡二佐……不對，是菊岡先生說明可以嗎？」

「是沒關係啦，但兩三分鐘根本講不完喔。」

「不用擔心。」

如此插嘴的菊岡，以右手輕輕對我們揮動像是汽車鑰匙的物體。

「今天就由我來送桐人和明日奈回家，經過就在車子裡說給我聽吧。而且我也有事情要找你商量。」

「有事情……要商量嗎？」

我為了牽制對方而輕瞪了他一眼，當然是代表「不會還要增加工作吧」的意思，但菊岡卻像是渾然不知般把事情帶過，直接朝著門走去。

「等換好衣服做好準備，就搭電梯到地下二樓的停車場吧。那麼，等一下見。」

自動門打開然後關上。

把臉移回來的亞絲娜稍微降低音量對著神代博士問道：

「菊岡先生現在是什麼身分？官方應該仍是處於在Ocean Turtle裡犧牲了的狀態吧？」

今天早上潛行之前，我也提出過完全相同的問題。那個時候博士是用「你直接問他本人」來把問題擋掉了，那麼這次如何呢……正當我豎起耳朵傾聽的時候。

「嗯……是可以告訴你們啦，不過你們會以為我是用開玩笑來蒙蔽真相吧……」

「才不會呢！」

由於亞絲娜立刻這麼回答，博士就為了再次強調而看了我一眼後才開口說：

「菊岡禮三郎。」

「什麼？」

兩個人不由得同時發出聲音。先和亞絲娜面面相覷之後，才小聲質問：

「……那……那是誰啊？」

「誠二郎的雙胞胎弟弟。」

「……菊岡先生有弟弟……？是借那個人的身分來用嗎？」

這次換成亞絲娜發問。但神代博士以十個小時前也曾出現過的傻眼表情用力搖了搖頭。

「才沒有什麼弟弟呢。是比嘉竄改地方政府的戶籍正本、法務局的戶籍副本和居民基本資料，創造出弟弟這個身分。」

「…………」

這次我們兩個人一起說不出話來。雖然有一大堆像是「怎麼辦到這種事的」或者「這不是犯罪嗎」等可以吐嘈的地方，但是也有吐嘈也沒用的感覺。

「…………我去換衣服。」

最後亞絲娜如此宣言，就消失在房間角落的屏風後面。不到一分鐘就從長袍換回便服並且走出來。由於我只是脫下上衣就開始潛行，所以不需要換衣服。

「那個……可以的話，希望讓愛麗絲在那邊住一個晚上……」

我一這麼說，神代博士就輕輕點了點頭。

「嗯，原本就打算這樣。你們兩個今天要好好休息喔。」
「好的，那我們告辭了。」
「先走了。」
跟在亞絲娜後面低頭，接著我便離開ＳＴＬ室。

搭電梯來到地下二樓，走出電梯就看見那裡已經有一台汽車在待機了。那是一輛顏色與外型相當沉穩的中型房車。從側面的窗戶窺探駕駛座，菊岡就注意到我們，於是用左手指著後面的座位。
打開車門後進到車內。雖然也想表現一下女士優先，但因為亞絲娜會先下車，所以我一旦坐到左側會相當麻煩。
接著上車的亞絲娜關上門後，就傳出了「磅嗯」的厚重聲響。顯示在方向盤中央的標誌應該是屬於瑞典的車廠。以進口車來說，可以算是最為樸質穩健的類型。
「久等了……依你的個性，還以為會開更古怪一點的車子呢。」
從正後方這麼搭話之後，菊岡就發出「呵呵」的短笑聲。
「私底下當然開著更古怪的的車子啊。這輛是ＲＡＴＨ的公司車。」
「原來如此……」

那應該是凜子小姐的喜好吧，我一邊這麼想像一邊繫上安全帶。確認完亞絲娜也繫上安全帶後，我再度面向前方。

「那麼拜託了。」

「抱歉，麻煩你了。」

聽見我跟亞絲娜的呼喚之後，菊岡慵懶地回答了一聲「好～」，接著把雙手放上方向盤。車子隨著細微的馬達聲動了起來。說是中型應該也有將近兩噸的車體，幾乎沒有震動就順暢開動的感覺，讓我想起在Underworld搭乘的熱素引擎機車。

ＥＶ以強大的動力爬上陡坡，左轉後來到美術館大道就一口氣提升速度。經由２４６號線前往亞絲娜位於世田谷區宮坂的家大概要二十分——不對，這個時間有點壅塞所以要三十分鐘左右吧。

即使有這麼多時間，恐怕也不足以把今天潛行獲得的所有情報傳達給對方，不過沒必要把一切全都詳盡地告訴菊岡。我接受的委託是找出使用The seed的轉移機能入侵Underworld的某個人究竟是什麼身分，所以關於耶歐萊茵家庭的內情以及石化凍結的經過應該可以省略掉吧。

話雖如此，我現在完全沒有獲得與最重要的入侵者相關的情報啊……心裡這麼想著，同時在腦袋裡組織起報告的概要。

「桐人小弟，副駕座位上有個箱子，你可以幫忙打開嗎？」

菊岡率先這麼表示，我眨了眨眼睛後就越過中央控制台窺看著副駕駛座。該處確實放著一個白色紙箱。拿起比鞋盒大了一圈的箱子，將其移動到後部空間，放到我跟亞絲娜中間。

如果有任何包裝我就會猜想是遲了三天才要送給亞絲娜的生日禮物，不過上面連緞帶都沒有。相對地，可以看到以黑色簽字筆在上面寫了「試-4」幾個字。和亞絲娜面面相覷後，我就打開從上方合上的蓋子。

窺看裡面的瞬間——

「嗚哇！」

「咦咦？」

我跟亞絲娜就同時忍不住發出聲音。

在大量緩衝材中縮成一團的，怎麼看都是一隻產後幾個月的小貓。

「喂，別把貓裝在這種箱子裡啊！」

我急忙把雙手伸進去，把一身灰色軟綿綿絨毛的小貓抱起來，結果身體一瞬間因為反射動作而僵住了。因為小貓的身體完全冰冷而且僵硬。在我快要發出悲鳴並丟下之前，才終於注意到那不是真正的屍體。以這種大小的小貓來說實在太重，而且關節的形狀也有點不太對勁。

「這是人造物……？」

如此呢喃之後，亞絲娜再次發出「咦」一聲。她畏畏縮縮地伸出手，觸碰小貓的背部。

「啊……真的耶。菊岡先生，這是什麼啊？」

聽見亞絲娜的質問，菊岡說出「未來世界的貓型機器人」這種調侃人般的回答後，又加了一句「右邊腋下有開關，長按著不放看看」。

在右前腳根部附近找了一陣子，指尖就碰到圓形凸起。於是按照指示長按了兩秒左右。

小貓的全身突然震動了一下。原本閉著的眼睛迅速張開，筆直地往上看著我。

「喵～」

以雖然可愛，但帶著些許抗議的聲響叫了一聲後，我便急忙把紙箱放到地板上，並且讓小貓靠近座位的椅面。結果小貓就彎曲身體下到椅面，以相當自然的動作打了個呵欠後，才往上看著亞絲娜又叫了一聲。

「喵嗚～～」

這次明顯是撒嬌的聲音。亞絲娜的眼睛開始發亮，以右手溫柔地搔著小貓的下巴。小貓有好一陣子任憑她處置，最後輕輕跳到亞絲娜的大腿上縮成一團。

凝視以喉嚨發出跟真正貓咪一樣「咕嚕嚕、咕嚕嚕」聲響的小貓五秒鐘後，我就對著前座的頭部靠枕問道：

「菊岡先生，這真的是機器人嗎……？」

「你剛才不是打開電源了？是沿用了用在愛麗絲機械身軀上的ＣＮＴ Actuators……也就是

人工肌肉的寵物機器人試驗品喔。這可是比嘉的心血結晶。」

「哦……才在想最近都沒看到那個人，原來是在做這個呀。」

不小心變成比嘉的口氣，我急忙又加了一句：

「那這個是比嘉先生的娛樂嗎？還是菊岡先生的？」

「喂喂，這麼一隻就要花費一大筆開發費喔。把錢用在這種娛樂上的話，我會被神代博士痛扁的。」

菊岡混雜著苦笑如此說道，同時把方向盤往右邊打。EV順暢地回頭，經過了西麻布十字路口。

果然如同我的預測，星期六傍晚的六本木大道有些擁塞，不過還不至於塞住不動。看了一下前座的大型多功能液晶面板顯示出的導航地圖，發現在澀谷車站前就不再塞車了，所以六點前應該就能抵達亞絲娜家了吧。

我把視線拉回到小貓機器人身上，認真地望著實感完全不像人造物的毛皮並且呢喃：

「不是娛樂的話，那是為什麼……」

「難道是打算商品化嗎？」

由於撫摸著小貓機器人的亞絲娜突然開口這麼說，我便微微張開嘴巴。心裡雖然想著「不會吧……」，但駕駛座回傳的是讚賞的發言。

「不愧是明日奈小妹，第六感真是敏銳。正是如此……目前的目標是在明年內商品化。」

「咦咦咦？是RATH要發售嗎？」

感到啞然的亞絲娜如此質問後，感覺──菊岡就輕輕聳了聳肩。

「怎麼可能，我們只是企劃開發。製造跟販賣是打算跟大廠牌，像是RCT這樣的公司進行合作。」

聽見RCT的名字，我就忍不住窺探了一下亞絲娜的反應，這時前CEO的愛女保持著微笑，若無其事地回應：

「RCT以前也販賣過寵物機器人，我想他們會有興趣的。只不過應該會是很難交涉的對象。」

「哈哈哈，我想也是。但我有信心我們家的機械身軀技術是世界第一。妳看那隻小四應該就能理解了。」

「小四……」

我再次跟亞絲娜面面相覷。提到RATH的機器人，就想起在Ocean Turtle裡非常活躍的「一衛門」與「二衛門」，如果「小四」的由來是寫在盒蓋上的「試-4」──應該是試驗品4號的簡稱──那麼這一連串的命名究竟是來自誰的品味呢？

等等，我告訴自己還是別追究下去，然後伸手撫摸在亞絲娜大腿上縮成一團的小四。或許是控制單元或者電池發燙的緣故，剛拿出箱子時冰冷到讓人誤認是屍體的身軀，目前呈現微溫的狀態。

「這確實可能會大賣……」

聽見我這麼說的菊岡，隨即很高興般表示：

「對吧？RATH能夠確保穩定的單獨財源的話，就比較容易對抗企圖銷毀Underworld的勢力了。」

如果是這樣，就只能支持這個感覺有點唐突的寵物機器人開發計畫了。我抬頭看著菊岡映照在後視鏡裡的臉，然後質問：

「如果菊岡先生剛才在六本木分部所說的商量是這隻貓型機器人的事情，應該有什麼事情想要我幫忙吧？我到底要做些什麼呢？」

結果鏡子裡的菊岡咧嘴笑了起來。

「第六感還是這麼敏銳，我也輕鬆多了。」

「倒是常被人說很遲鈍。」

「其實呢……那隻小四，硬體所要求的性能幾乎是完美了，但是軟體卻遇到了難關。」

「咦……看起來很自然啊。」

亞絲娜如此回應。我也完全有同感。伸懶腰和跳到亞絲娜大腿上的動作都逼近真實的貓。

但菊岡卻微微搖頭同時表示：

「對於來自人類的接觸產生的反應是沒問題。不過自發性動作就有點……徹頭徹尾都用程式來設計行動的話個性就會消失，全部交給ＡＩ的話行動又會漸漸變得不像貓。昨天學習檔案重置之前的小四，一直都在挑戰用雙腳行走喔。」

「…………我覺得那樣也會有市場。」

小聲這樣呢喃之後，我立刻接著說道：

「那你要我們做什麼？我可不認為自己能辦到比嘉先生都做不到的事情喔。」

「沒有啦，不是要你對小四做些什麼。這個嘛……桐人，Underworld裡也有貓對吧？」

「啥？那當然是有啦……」

「像真的貓一樣嗎？」

「至少不會用兩隻腳走路，也不會汪汪叫。」

這麼回答之後，我就理解菊岡的意圖。

「啊……難道你是要我從Underworld帶貓出來嗎？」

「標準答案。」

然後菊岡再次咧嘴笑了起來，接著快速丟出一大串話。

「Underworld的動物在世界剛開始運作時，單純只是The seed套件內藏的程式，但在內部已經花了五百年以上的時間累積學習經驗，現在應該獲得極為高等且精緻的複雜性。雖然無法想像是如何保證貓能像貓、狗能像狗的就是了。」

聽他這麼說，我就想起艾莉的朋友長耳濕鼠納茲。那傢伙不是貓而是老鼠，其實應該說是比較接近兔子的生物，但是用雙手抓住果實來咬，後仰身體發出「啾咿」叫聲的樣子，完全感覺不出任何刻意的做作感。納茲應該是特別的個體才對，不過世界的某處也會有達到同等程度的貓咪吧。

把那隻貓的檔案從Underworld匯出，搭載到跟小四同樣的機器身軀裡的話，就能製作出超高性能的貓型機器人……菊岡應該是這麼想的吧。但是……

「帶出來說起來是很簡單，但菊岡先生你是不是忘記了？Underworld的伺服器是在海洋那一頭的Ocean Turtle裡喲。就算從六本木分部的ＳＴＬ潛行，別說是貓了，連一顆石頭都帶不出來啦。」

「這我當然沒忘。」

恬然如此回應後，菊岡就踩下油門。由於已經通過澀谷車站附近，路上已經不再塞車。ＥＶ猛烈加速，直接衝上２４６號線。

車子進入車流之後，菊岡再次開口說話。

「現在仍只是假說階段，不過有愛麗絲幫忙的話，或許就能夠從Underworld匯出小容量的檔案。雖然還是需要從內部操作系統操縱臺就是了。」

「愛麗絲的……？」

當我腦袋裡不知道浮現第幾次的問號時，亞絲娜再次發揮出敏銳的第六感。

「難道是要把愛麗絲的LightCube當做儲存裝置？」

這麼詢問的聲音裡帶著些許非難的情緒。也難怪她會這樣，我雖然出現「還有這種方法」的念頭，但也無法舉雙手贊成。

「菊岡先生，這再怎麼說都太亂來了吧。就算愛麗絲的LightCube有充足的空間，寫入貓的檔案萬一要是損害到她的搖光可就後悔莫及了喔。」

「這我當然知道。」

應該預料到我們會有這種反應了吧，菊岡輕舉起方向盤上的雙手開始解釋。

「不是使用愛麗絲的LightCube。她頭部的頭蓋骨內……用來收納LightCube的空間仍有空位，目前正在檢討要在那裡增設輔助記憶裝置般的東西。」

「……那樣也很危險吧。你不會是想無視愛麗絲的意思進行人體實驗般的事情吧？」

「當然不會了。應該說，這是從她的要求開始的計畫喔。」

「愛麗絲主動要求這種事情……？」

我有一陣子說不出話來。來到現實世界仍不到兩個月的愛麗絲，為什麼會想要增設記憶體呢？

當我準備詢問理由時，菊岡就快了一步說道：

「我不能透露愛麗絲如此希望的理由。將來你們自己問她吧……回歸主題，想跟桐人還有明日奈商量的也就是下一次潛行到Underworld時，可不可以幫忙找隻看起來聰明的貓。」

「找是沒問題啦……但把那隻貓帶到現實世界的話，牠不就從Underworld消失了嗎？這樣牠的飼主會很難過吧。」

確實是符合亞絲娜性格的擔心事項，不過菊岡立刻搖了搖頭。

「別擔心，不會那樣。想把擁有搖光的Underworld人帶到現實世界，就只能把作為『靈魂容器』的LightCube從Cluster實際排出，不過像貓狗這種動態物件的話，就能複製到泛用媒體裝置裡。當然複製之後原本的個體依然會留下來。本人……不對，是本貓也不會注意到自己被複製了。」

說完像是在開玩笑的發言後，菊岡又繼續說明：

「問題是那個複製的作業必須到Ocean Turtle才能完成。不過，只要使用內部系統操縱臺的輔助記憶體，說不定從六本木分部也能取出檔案……事情就是這樣。」

「……我知道了。還有一個問題……如果從Underworld複製了貓的檔案，準備把它覆寫到這隻小四身上嗎？」

菊岡似乎無法立刻回答，我則看著他的後腦杓同時在心中呢喃著「菊岡先生，你錯估亞絲娜的同理心了」。當亞絲娜讓貓坐到大腿上並且加以撫摸時，現在的小四對她來說就是應該庇護的對象。

不過ＲＡＴＨ前指揮官的應對能力也不容小覷。

「沒有啦，如果你們在Underworld找到合適的貓咪程式，就會把它搭載到開發中的試驗５號機。找到的應該會是成年的貓，把它覆寫到小貓尺寸的小四身上的話應該會造成故障吧。」

「那小四怎麼辦？遭到廢棄嗎？」

結果我的追擊也被菊岡漂亮地回擊。

「怎麼會呢。那個孩子仍有順利成長的可能性——因此明日奈小姐，不嫌棄的話可以請妳幫忙養育小四嗎？」

「咦，我來……養育牠嗎？」

「我記得妳說過家裡沒有寵物吧？」

「是啊……家人經常不在家，所以沒辦法好好地照顧……」

「但小四的話就不用餵食以及打掃排泄物。似乎設定成附近沒有人類時會進入睡眠模式來充電了。嗯，雖然有很高的機率會跟之前一樣做出不像是貓的行動，不過那個時候是否要重置就交給明日奈來決定了。怎麼樣呢？」

「…………」

亞絲娜沒有立刻回答，只是默默地撫摸著大腿上的小貓。就算是機器人，她應該還是感受到成為飼主的責任了吧。

「亞絲娜，不需要勉強自己接受……」

當我說到這裡時，亞絲娜就對我露出燦爛的笑容並且說：

「謝謝你，桐人。不過不要緊——菊岡先生，那麼我就不客氣，把這個孩子帶回家了。」

「哦哦，那真是太好了。說明書與充電墊都在箱子裡面。還有，這怎麼說都算是企業機密，希望能夠別讓除了家人以外的人看見。」

「了解了。」

聽著這樣的對話，我就強行把想吐嘈「家人就沒關係嗎」的衝動壓抑了下來。亞絲娜的爸爸是ＲＣＴ的前ＣＥＯ，哥哥浩一郎先生應該也是居於儲備幹部的地位，所以菊岡不可能沒有考慮到這方面的事情。不對，說不定這也是他的策略之一——

「桐人，可以把箱子拿給我嗎？」

亞絲娜的聲音中斷了我的思考，於是我便把放在地板上的紙箱移回座位上。亞絲娜對小四說了聲「對不起喔」，然後就長按按鈕關上電源。接著將縮成一團的機器小貓輕輕放進紙箱的緩衝材內。

仔細合上蓋子後，把整個箱子放在大腿上露出穩重的微笑。看見她這樣的表情後，就感覺小四其實是菊岡先生送給亞絲娜的生日禮物，不過開口確認實在太煞風景了。

車子不知不覺間已經從246線進入世田谷大道。結城家馬上就要到了。

「亞絲娜，妳今天也累了吧。回去後早點睡喔。」

我這麼對她呢喃後，亞絲娜就輕輕歪著頭表示：

「桐人準備去看看那邊的狀況吧？」

「嗯，是啦……」

「那我也要去。好像發生了很多事情。」

「這樣啊。但是不要太逞強喔。」

「嗯。謝謝。」

亞絲娜剛點完頭，車子就閃爍著警示燈並停了下來。

抱著紙箱的亞絲娜對菊岡道謝後就下車了。我移往左邊的座位，隔著車窗對她揮手，同時目送亞絲娜進入結城家的門。

確認門柱的感應燈熄滅後，我就把身體轉回來。接著背部靠到皮革椅子上，繫上安全帶後，車子就靜靜地往前開。

從這裡到達川越市的桐谷家，就算利用關越高速國道也得花一個小時以上吧。我再次對菊岡在街燈淡淡照耀下的側臉問道：

「雖然有點太遲了，不過你真的要送我回川越嗎？你也不是很閒吧？」

「別客氣，這也算是工作啊。」

如此回答的菊岡，不知道為什麼再次點亮警示燈，然後把車子停在路肩。

「桐人，要不要來坐前面？」

「……嗯，我是無所謂啦……」

心想「那剛才為什麼不說」並解開安全帶暫時下車，打開副駕駛座車門搭上車子。再次開始行駛的車子從很適合「閑靜的住宅區」這種形容的雙向車道往西奔馳。

最後道路在千歲船橋車站前方與環狀八號線交叉。從這裡右轉的話，幾乎可以一直線抵達關越高速國道起點的練馬IC（匝道）。

幸好環八在這個時間竟然難得車子不多。感覺到菊岡放鬆身體後，我就保持面向前進方向的姿勢對他搭話。

「外環道開通的話，往返川越與都心就更輕鬆了。」

「就是說啊。但是照現在的情形來看，還要再花個五年吧。」

「五年後嗎……」

明明是我丟出的話題，卻忍不住發出嘆息聲。實在無法想像五年後——二〇三一年自己在做什麼。

或許是看透我的思緒了吧，菊岡說出宛如親戚的叔——不對，是哥哥般的發言。

「那個時候桐人是二十二……不對，二十三歲嗎？已經決定好出路了嗎？」

「…………」

我已經跟父母親與亞絲娜表明過將來想到ＲＡＴＨ就職了，神代博士也不知道為什麼似乎察覺到這件事，不過菊岡是否知曉就不清楚了。這時隨便回答的話似乎會影響到將來，於是我考慮了三秒鐘左右才回答：

「嗯，我是打算升學。」

「原來如此，不是要當電競選手啊。」

「我……我說啊……」

雖然再次被他搞到不知如何回應，不過在這個時代，當一個電競選手並不是什麼太過突兀的選擇。除了完全潛行出現之前的參加大賽獲得獎金、當網紅賺取廣告收入、隸屬於職業隊伍等傳統賺錢方法之外，最近也出現像ＧＧＯ那樣能夠將遊戲內貨幣兌換成現實貨幣的遊戲，以及遊戲內能獲得虛擬貨幣或者代幣的遊戲。

我在十四歲的生日時內心某處也還存在對職業電競選手的憧憬。但是——

「……我沒辦法成為電競選手喔。」

呢喃般這麼回答完，感覺菊岡似乎瞄了這邊一眼。
「為什麼？先別管意願，桐人的話，在大部分的完全潛行遊戲都具備職業級的實力吧。」
「你太看得起我了，而且……」
猶豫了一下後，我開口說出真心話。
「……我在正常的遊戲大概沒辦法拚盡全力了。不想也不願意重複在艾恩葛朗特與Underworld經歷過的那種，把自己燃燒到界限的戰鬥方式。這樣的傢伙沒資格成為職業選手。」
這次換成菊岡沉默了一陣子。
突然從方向盤抬起左手，在空中徘徊了一陣子，最後什麼都沒做又放回原本的地方。然後傳出如果是引擎車的話，應該就不會聽見的深深嘆息聲。
「……原來如此。」
咬緊牙根般這麼呢喃完後，菊岡就以異常誠懇的口氣繼續說道：
「這樣的話……這次的委託，對桐人來說應該相當煎熬吧……因為無論如何都會回想起三個月前在Underworld經歷過的事情。」
「嗯……當然想起很多事啦……」
我一邊想著「太不像他了吧」一邊這麼說道。

「但那個世界發生的絕不全都是痛苦的事情。說起來，我原本就一直跟凜子小姐表示想再次前往Underworld了。」

「能聽你這麼說真是太好了……不過，我會把桐人剛才的話牢記在心中……然後呢，雖然在這樣的情勢下實在不太願意提問……」

「你不必介意。是關於入侵者的事情吧？」

「嗯。有沒有什麼線索？」

「什麼都沒有。」

聽見我簡單明瞭的回答後，菊岡靜止了兩秒鐘才點了點頭。

「這……這樣啊。嗯……要在足有一個大陸那麼大的Underworld找一個人本來就不是簡單的事了。」

「現在有兩顆行星了喲。」

如此訂正之後，我就花了十五分鐘左右說明今天潛行發生的事情。

說明完的時候，車子已經從環八進入目白大道。前方已經能看見通往練馬ＩＣ的坡道。

爬上坡道，通過收費站之後，菊岡一口氣把車子加速到時速超過一百公里。雖然是只有ＥＶ才能感受到足以讓背部壓在座位上的扭力，但是跟澤法十三型全力噴射比起來根本算相當平穩。

車子進入巡航狀態後，我就看了一下駕駛座的儀表板。電池還殘留八十%以上。這樣的話即使去到川越也不需要充電就能回到六本木吧，原本這麼想的我注意到今天是星期六，對方有可能直接回家。

「噯，你現在住在哪邊？」

隨口這麼問完後，菊岡就心不在焉地回答：

「咦？噢……東雲喔。」

「東雲……是有明的旁邊啊。從以前就住那裡？」

「沒有，換了名字後才開始……哎呀，接下來可是機密事項。要是知道了就得成為我們組織的一員了。」

似乎回神了的菊岡以開玩笑的口氣這麼說道，接著立刻又正色表示：

「桐人。有幾件事想確認一下……首先，兩百年後的現在，Underworld人無法違背規則與法律的情況還是沒有改變吧？」

「嗯，應該是這樣。」

我把手指交叉的雙手夾在靠枕與頭部之間，然後回答所有知道的事情。

「聖托利亞的街道還是看不到任何垃圾，車流也整然有序。嗯，衛士廳的隊長還有長官之類的態度倒是頗為蠻橫，似乎不像以前那樣是烏托邦了。」

「唔嗯……那麼，現在作為Underworld統治機關的星界統一會議，跟過去的公理教會擁有同等的權威對吧？」

「嗯……公理教會與最高司祭亞多米尼史特蕾達是像神明的代言人那樣。雖然無法斷言是不是跟以前同樣崇拜，或者是畏懼星界統一會議，但我認為權威是無庸置疑的喔。」

「但是統一會議的直屬組織整合機士團卻遭到破壞，伴星亞多米娜出現不在會議控制下的基地，然後還進行違法的生體實驗嗎？」

「就是這樣啊……」

這次改把放下的雙手在胸前交叉。再次準備思考在亞多米娜發現的謎樣基地，以及被稱為「閣下」的黑衣俊男托科卡·伊斯達爾時，我終於注意到有一個重要情報，不對，應該說推論沒有傳達給菊岡知道。

「抱歉，剛才說沒有任何關於入侵者的線索，其實也不是都沒有。」

「你的意思是？」

「雖然是完全沒有得到證實的推論……不過耶歐……不對，整合機士團的團長指出對於整合機士團的破壞工作，可能是現實世界的入侵者在暗地裡操縱的可能性。」

「哦……」

菊岡以左手食指敲了幾下方向盤後，像是感到很佩服般表示：

「那位團長先生是擁有相當柔軟發想的人呢。我也對入侵者的身分做出各種推測，但只能想到是某個國家送進去搞破壞的特務人員，或是以STL產業為目標的產業間諜。」

「我也覺得有點太跳躍了，不過團長這麼說了。因為引起異界戰爭的闇神貝庫達是現實世界的人，所以發生同樣的事情也不會感到不可思議……」

「……原來如此。他說得沒錯。不過……如果是這樣，事態就變得更複雜了。入侵者的目的不是操作系統操縱臺，而是干涉Underworld的話……就表示那個傢伙知悉現在的Underworld的歷史、地理以及社會情勢。我不認為有這樣的人存在……」

菊岡有點像是自言自語的發言，讓我先說了句「的確」來回應，但立刻就發覺不能如此斷言。如果是RATH的工作人員，就可以使用六本木分部的STL潛入Underworld並且收集情報吧。雖然不想懷疑認識的工作人員，但三個月前Ocean Turtle襲擊事件時，以手槍射擊菊岡，讓他身負重傷的就是潛入RATH的敵方間諜。

我想菊岡當然考慮過這個可能性。即使如此還是加以否定，一定是有足以讓他否定的理由吧。

放鬆下意識中緊繃的肩膀，透過側面車窗往上望著西邊的天空。殘照幾乎消失，幾顆小小的星星發出孤寂的亮光。

突然有些微似曾相識視感襲上心頭。感覺很久以前也曾像這樣在一定速度奔馳的車子裡望著夜空中的星星。不過這也很正常，因為孩提時期經常一家四個人出去旅行。但朦朧的記憶當中，握住方向盤的不是老爸也不是媽媽……

「太陽下山的時間變早了。」

菊岡的聲音把我從沉思當中拉回來，我眨了眨雙眼後冷冷地回答：

「因為都過秋分之日了啊。」

「你知道秋分之日的英文怎麼說嗎？」

出乎意料的反擊技讓我一瞬間為之語塞。不過幸好我以前查過春分、秋分以及夏至與冬至的英文。

「the autumnal equinox……吧。」

我隨著九十八％左右的確信說出答案，結果菊岡口中卻發出「噗噗」的錯誤蜂鳴器聲響。

「咦……咦咦？」

「很可惜，那是秋分。秋分之日是Autumnal Equinox Day喔。」

「太……太狡猾了吧！這是陷阱題吧！」

「如果會踩到這樣的陷阱，就無法在ＲＡＴＨ的猜謎大會裡獲勝了。」

「……真的有什麼猜謎大會嗎？」

「下屆請你務必參加。」

嘴裡說完不知道是認真還是開玩笑的發言後，菊岡就稍微提升速度。好像曾經聽人家說過EV不擅長高速行駛，但實際搭乘之後即使超過一百公里也完全沒有讓人不舒服的聲音與震動。它跟我的愛車二行程引擎的越野摩托車算是完全相反的交通工具，但是……搭乘後讓我覺得這也是種不錯的選擇。

把身體靠在高級皮革座椅上，專心聽著細微的道路聲響，結果眼瞼就越來越是沉重。但是對話還沒結束。必須再交換一些關於入侵者身分的意見才行……

「你睡吧。」

菊岡沒有看向這邊就直接這麼說。在這種情形下真的睡著的話，不就跟小學生一樣了嗎？

「不用，我不睏。」

如此回答完，我就拚命試著趕走睡意。但怎麼努力都無法抬起躺在靠枕上的頭部。

菊岡或許是操作了車用資訊娛樂系統吧，車內開始以細微音量傳出緩慢節奏的爵士樂。結果這成為致命的一擊，把我的意識吸進穩定搖晃的黑暗當中。

3

靠近玄關的門後，智能家居控制系統就感應到包包裡的手機，解除了三個地方的門鎖。

結城明日奈以左臂重新抱緊紙箱，然後用右手把門打開。

家中是微暗且一片寂靜的狀態。根據今天早上看見的家人行程表，爸爸去打高爾夫，媽媽到大學上班，兩個人都要九點後才回家，哥哥則是到明天都在關西出差。

以前回到無人的家裡也不會有任何感覺，但最近倒是感到有些寂寞。明明半年後可能就要離開家了——不對，可能正是因為這樣吧。

在盥洗室洗了手、漱了口之後爬上樓梯。進到自己的房間燈就自動打開，空調也開始運轉。把紙箱放在書桌上並且鬆了一口氣。

雖然很想立刻打開蓋子，還是忍耐下來先迅速開始更衣，接著來到一樓的浴室。在前往ＲＡＴＨ前就先設定好了，浴槽裡已經放滿了水。雖然智能家居系統雞婆的程度有時令人不敢領教，但這個機能倒是相當優秀。

在洗身體處快速沖掉汗水後進入浴槽。將肩膀以下浸入較燙的熱水裡之後，因為太過舒服而忍不住發出「哈呼……」的聲音。

結城家的浴室在系統衛浴裡屬於最大等級的1822規格——也就是短邊一・八公尺，長邊二・二公尺這樣的大小，但遠遠不及中央聖堂大浴場短邊二十公尺，長邊達四十公尺的規模。

主觀時間大約五個小時前，跟愛麗絲、艾莉、絲緹卡、羅蘭涅以及納茲一起享受大浴場時，曾經忍不住浮現「習慣這座浴場的話，家裡的浴室可能會滿足不了我」的想法，不過確實存在只有家裡的浴室才能嘗到的放鬆感。

平常會在溫水裡滴幾滴精油，帶著飲用水與Augma享受長時間入浴，但今天沒有這樣的時間。早點洗完澡，吹乾頭髮並結束護膚後，時間已經是六點四十五分。

在廚房簡單吃些東西，刷完牙就回到自己房間。

為了慎重起見確認過所有窗戶都關上了之後，旋即打開桌上的箱子。抱起緩衝材內的灰色小貓，讓牠躺在放置於地板的大型坐墊上後，長按右前腳根部的開關。

再次醒過來的小貓撐起上半身擺齊前腳成為所謂埃及坐姿後，隨即以帶著綠色的雙眼環視室內。過了十秒鐘左右就輕跳到地板上，把前腳放到跪坐的亞絲娜大腿上，像是在訴說些什麼般發出「咪～咪～」的叫聲。

不論是表情還是聲音，完全都像是在表示自己肚子餓了。

「小四，你肚子餓了嗎？等一下哦……」

如此對牠搭話之後，明日奈就為了要到廚房找給小貓吃的東西而起身。但這時才又想起小四是機器人。一瞬間不知道該怎麼辦而僵住了，但立刻就想起菊岡誠二郎說過的話。

於是急忙回到書桌前，把手伸入箱內的緩衝材裡，結果指尖就碰到塑膠套包住的板狀物。拉出來一看之下，那是Ａ４尺寸的黑色板子——無線充電墊。

打開塑膠套，以附屬的ＵＳＢ線連接上墊子，然後將另一邊的插頭插進牆上的插座內。將墊子放在地板上後，小四就發出「喵啊！」一聲，然後在墊子上縮成一團。

應該會一直睡到電池充滿電吧。明日奈撫摸著它柔軟的毛皮，同時對著它呢喃「今後多多指教嘍，小四」。

老實說，仍無法完全相信菊岡誠二郎這個人。把這隻小貓機器人交給明日奈保管也還存在一％左右有某種企圖的可能性。但至少可以確定的是，他不是會做出偷聽或者偷拍這種卑劣行為的人。

裝著充電墊的塑膠套裡也裝著應該是使用說明書的對摺紙張。迅速看了一遍後，確定完全充電需要五個小時。

——小四起來之後也讓它跟結衣見面吧。

明日奈邊這麼想邊坐到床上。

腦袋中央多少覺得有點沉重。今天早上七點離開家裡，從九點到十七點一直都潛行在Underworld裡，所以當然會感到疲倦，但也只有過一次近似戰鬥的活動，在那之前肉體都只是躺在凝膠床上而已。和人雖然對自己說了「早點睡喔」，但應該還能活動個三四小時吧。

從邊桌的架子上拿起AmuSphere戴到頭上。調整枕頭的位置與高度後躺了上去，天花板的照明就自行轉變成夜燈。

放鬆全身的力量，閉上眼睛呢喃：

「開始連線。」

隔了十七個小時後再次降落到Unital ring世界的亞絲娜，首先環視了一遍圓木屋的客廳。不過沒看到應該在兩個小時前連線的結衣與其他伙伴的身影。

接著確認自身的狀態。

體力全滿，魔力（MP）、口渴值（TP）、飢餓值（SP）都還有八成。防具是白布洋裝與莉茲貝特製作的「高級鐵製」系列防具，武器則是往上兩個等級的「高級鋼製細劍」。

跟在Underworld借來穿的整合機士團制服相比，當然比較土氣，質料也比較硬，但當初被吸到這個世界的時候，只能穿著由草纖維製成的粗糙貫頭衣來過生活。

Unital ring事件是在九月二十七日的傍晚五點發生，現在是十月三日的晚上七點，所以經過了六天又兩個小時。除了有才過六天的感覺之外，也有竟然已經過了六天的驚訝感。

當初原本以為兩三天就能回到原本的The seed連結體，但目前完全沒有這種跡象。果然在有人抵達首日廣播所說的世界地圖中心——「極光指示之地」前，這場異常事態都會持續下去嗎？

就算是這樣，自己也一定要成功地守住這間圓木屋，以及周圍建立起來的桐人鎮，不對，應該說拉斯納利歐鎮。

下定這樣的決心後打開門來到門廊。太陽早已下山，只有遙遠彼方的西邊空中還殘留些許藍色，好幾根營火把寬敞的前院照耀成橘色。

擁擠地排著各種生產設備的庭院果然也沒有任何人。但可以聽見奇妙的吵雜聲越過包圍圓形庭院的三公尺高石牆傳進來。簡直就像有大量的行人在牆外行走一般，但不可能有這種事。

亞絲娜歪著頭，準備從牆壁南側的木製閘門到外面去，結果倏然停下腳步。

閘門消失了。上次登出時確實應該存在大型門扉的地點只有灰色的牆面。

心想難道是弄錯南北方向而回過頭，果然還是只看見牆壁。實在不認為向來穩定到讓人有點憎恨的The seed程式會出現這種只有一道閘門消失的故障。

開始搞不清楚狀況，只能胡亂環視著周圍時，這次發現了原本不存在的物體。庭院西側，高爐的旁邊出現一棟石造的小型塔般的建築物。高度大概跟石牆差不多，底部有一扇單開式大門，左側面還有梯子能爬到最上方。

小跑步靠近後，猶豫了一下是要爬梯子還是開門，最後選擇了爬上梯子。梯子雖然是木造但相當堅固，即使穿戴全副裝備的亞絲娜踩上去，橫木也沒有下陷的跡象。即使如此還是慎重地爬上去後，大約一．五公尺四方形的屋頂被扶手圍住，看起來是略具規模的瞭望樓塔。

來到屋頂的亞絲娜，緊緊握住旋松製扶手，挺直身體窺看著石牆外面。

「咦……！」

下一刻，她就因為太過驚訝而發出叫聲。

數十名人類在包圍圓木屋的圓形道路，通稱「內圈道路」上漫步或者停下腳步交談。由於這個世界光是凝聚焦點也不會出現浮標，所以無法從系統上分辨是ＮＰＣ還是玩家，但相信多年來的經驗與第六感的話，他們全都是玩家。

而且不只有內圈道路。往西南延伸的「八點鐘道路」，以及其左側的商業區，甚至是右側的巴辛族居住地都因為聚集大量玩家而熱鬧非凡。光是視界能看見的就超過一百人吧。如果整個拉斯納利歐都這麼混雜的話，就算有三百……不對，五百人以上都不奇怪。至今為止雖然有從斯提斯遺跡來訪的玩家，但多的時候大概也只有五十個人左右。

難道「魔女」姆塔席娜趁當亞絲娜、桐人以及愛麗絲不在的時候再次率領大軍進攻，成功占領了拉斯納利歐嗎？如果是這樣，伙伴們到底到哪去了……難道所有人都從這個世界……

陷入最糟糕的想像當中，只能呆立現場的亞絲娜，耳朵聽見了熟悉的聲音。

「喂～亞絲娜～！」

像是彈起來般放開扶手，從梯子的上方往正下方窺看。結果就看到一名身穿圍裙的女孩——鐵匠莉茲貝特在地面上用力揮舞右手的模樣。

「莉茲！」

放下心來的亞絲娜也向對方揮手，接著反轉身體用雙手抓住梯子的橫木。調整著握力一口氣滑下去。腳一觸碰到地面，立刻轉身說出一大串話來。

「噯，街上那些人是怎麼回事？大家都沒事吧？莉茲剛才在哪裡？」

「啊，突然看見這樣一定會嚇到吧。」

莉茲貝特燦爛地笑，然後指著樓塔底部的門說：

「我是從那裡過來的。在地下挖了隧道，可以通往巴辛族的居住地。」

「隧道……？為什麼要挖那種東西……原本在那裡的閘門怎麼了？」

「那個……必須按照順序來說明……這樣會有點長，先在那裡坐下吧。」

這麼說完的莉茲貝特，手指的是排列著屬於她專業的打鐵用生產設備的一角。走到那裡後，莉茲貝特坐到鐵砧前的圓椅子，亞絲娜則是坐到放置於對面的公園椅上。

心裡雖然想著看起來不像處於危機狀態，但亞絲娜還是朝莉茲貝特的脖子瞄了一眼。健康的黃褐色肌膚上，看不見證明被施加姆塔席娜恐怖的大規模窒息魔法「不祥者之絞輪」的漆黑之環。

莉茲貝特像是沒有注意到亞絲娜的視線，打開道具欄取出兩個帶有淡綠色光澤的杯子。接著又取出皮革水壺，在杯子裡倒入深茶色液體。

「來，喝吧。」

亞絲娜用雙手接下遞過來的杯子。杯子不論是外表還是觸感都是金屬製，但是卻驚人地輕盈。

「妳是什麼時候可以製作出這樣的杯子？」

亞絲娜一問，鐵匠就很得意般眨了一下眼睛。

「我也是一直在進化喲。這是用名為『Gilnaris Hornet的甲殼』的素材製造出來的。」

「Hornet……是蜜蜂？用蜜蜂的殼做出來的嗎？」

看見不由得把杯子遠離臉龐的亞絲娜，莉茲貝特就大笑了起來。

「沒問題的啦，已經先放到高爐裡熔解，變成『吉爾納利斯鋼的鑄塊』了，沒有任何蜜蜂的成分喔……真是的，才覺得那種大蜜蜂怎麼這麼硬，原來皮膚真的是金屬。」

「……大蜜蜂？莉茲，妳跟那個Gilnaris Hornet戰鬥了嗎？」

「不只是戰鬥而已喲～」

說出讓人感興趣的發言後，莉茲貝特就把嘴靠到金屬綠的杯子上。亞絲娜也畏畏縮縮地把嘴靠過去，不過沒聞到什麼奇怪的味道。甚至還飄盪著一股像極紅茶的淡淡芳香。

喝了一口後，泡得較濃的紅茶內加了幾種醃漬水果般的味道就在嘴裡擴散開來。雖然想著「如果能夠弄成透心涼的話……」，不過即使是常溫，亞絲娜也覺得比用生長在附近的葉子煮成的茶要好喝多了。而且似乎還有一點回復ＭＰ的效果。

「這種茶也是莉茲泡的嗎？」

「雖然很想說當然了……但不是喔。這是帕特魯族賣的。」

「哇……不只是乾糧，現在還開始賣起茶來了。」

這麼好喝的話，有那麼多來購物的客人，一定會變成熱賣商品……才剛想到這裡，當初的疑問就再次浮現在腦袋當中。

「那麼，為什麼會出現那麼多人呢？」

再次這麼詢問後，莉茲貝特就開始說明今天發生的事情。

為了探索鐵礦石的挖掘地點而跟西莉卡與克萊因等人一起前往賽魯耶提利歐大森林。

在那裡發現了一群巨大蜜蜂，也就是Gilnaris Hornet，以及在偵查牠們的弗利司柯爾。

弗利司柯爾表示Unital ring世界是三段式同心圓構造，想爬到下一層就必須穿越被一群巨大蜜蜂守住的通道，於是跟迪柯斯等前ＡＬＯ組、薩利翁等前昆蟲國度組、巴辛族以及帕特魯族合作進行攻略，經過一場死鬥後成功擊敗蜂群——

莉茲貝特的話題告一段落後，亞絲娜就深吸一口氣接著說道：

「……也就是說，巨大蜂群與女王『Gilnaris Queen Hornet』，是相當於ＳＡＯ的第二十五層或者第五十層樓層魔王的存在對吧？」

「嗯……可以說是這樣吧？」

原本準備要點頭的莉茲貝特，立刻改變成用力搖著頭。

「不對，這次的魔王戰要跟亞絲娜你們在艾恩葛朗特打倒七十五隻樓層魔王的功績並列實在太厚臉皮了。」

「沒這回事喔，ＳＡＯ與《Unital ring》都是絕對不能死亡的狀況。而且聯合部隊只有二十四個人而已吧？聽妳說起來，那是設定為最少要有五十人規模的部隊才能攻略的魔王……」

「嗯……魔王房間……正確來說不是房間，而是巨大樹木形成的巨蛋，那個空間確實具備能輕鬆容納百人的大小。實際上真的是相當危險的一戰，ＭＶＰ絕對是詩乃與西莉卡。詩乃的指揮與狙擊都相當正確，西莉卡……感覺就像是桐人一樣。」

「咦……妳說戰鬥方式嗎？」

實在無法在腦袋裡把西莉卡活用敏捷力不停進出於戰圈的戰鬥方式，與桐人以天生的洞察力來保持緊貼狀態死命進攻的戰鬥方式重疊在一起，於是亞絲娜便露出狐疑的表情。結果莉茲貝特再次左右搖動臉龐，然後說出意想不到的發言。

「不是戰鬥力，而是發想力吧。女王蜂現身後就是一連串出乎意料的發展，西莉卡思考的爆發力真是不得了～尤其是給女王最後一擊的時候！五個人包圍掉落到地面的女王，然後在像這樣舉起手臂的狀態叫出應該連一公釐都抬不起來的繼承武器……」

莉茲貝特從椅子上站起身，實際高高舉起左手，同時以依然興奮不已的模樣說道：

「直接朝著女王轟落！真的很像桐人會突然想到的作戰吧？那種利用系統漏洞的破天荒行為，還有抓到要害時的爆發力！」

「呵呵……真的耶。」

亞絲娜發出輕笑聲後，莉茲貝特就像回過神來般眨了眨眼睛，乾咳了幾聲才重新坐好。

「嗯……總之呢，看到學妹有所成長就覺得很欣慰啦。」

「又不是社團活動……」

亞絲娜再次發出笑聲，然後突然浮現一個念頭。

聽說莉茲貝特打算升學，歸還者學校畢業後考上大學的話，也打算從ＶＲＭＭＯ畢業了嗎？

原本打算詢問，但在最後一刻又閉上嘴巴。希望能多珍惜一些……至少在解決Unital ring事件，回歸ＡＬＯ之前多珍惜一些跟大家在一起的時間。

相對地，亞絲娜把話題拉回主線。

「我知道你們打倒了蜜蜂魔王了，不過那跟拉斯納利歐變得如此混雜有什麼關聯嗎？」

「那個……位於大森林北部的斷崖……弗利司柯爾說是『第一障壁』，我提過蜜蜂魔王是守護那裡的門房了吧。我們打倒牠的消息立刻傳遍斯提斯遺跡。以整個Unital ring來說，我們好像是第三快突破守門魔王的。」

「第三……那第一和第二各是什麼遊戲的玩家？」

「我不太清楚順序，不過好像是叫做『飛鳥帝國』與『世界終焉之日』的遊戲。」

亞絲娜雖然對The seed連結體不太熟，但兩款遊戲她都聽過。前者通稱「飛鳥」，是有紀與沉睡騎士成員轉移到ＡＬＯ之前玩的和風ＶＲＭＭＯ。後者通稱「終焉」，這款世紀末風格的遊戲，玩家能選擇的虛擬角色全是獸人，雖然遊戲型態較為特殊，卻相當受歡迎。

「原來如此……知道莉茲你們打倒守衛魔王的消息後，前ＡＬＯ玩家們就認為有機會能追上飛鳥與終焉，所以把據點移到拉斯納利歐……是這樣對吧？」

莉茲貝特有些害羞般肯定了亞絲娜的推測。

「嗯，大概就是這樣。當然移居到這裡的只有一小部分前ＡＬＯ玩家，不過目前大概有五六百人吧……」

「妳可以更有自信一點喔。因為是莉茲你們的努力，才讓這麼多人提起幹勁。」

探出身體輕輕敲了一下莉茲貝特的左臂，好友就以食指的側面摩擦鼻尖並發出「咿嘻嘻」的笑聲。那種演戲般的動作讓亞絲娜也忍不住發笑，接著才環視包圍圓木屋用地的石牆。

「……現在了解人變得這麼多的理由了，但門閂不見又是怎麼一回事？」

「啊，很簡單喔。Unital ring裡能自行製作的門扉，目前就系統上來說是無法上鎖的對吧？」

聽她這麼一說，確實是這樣。消失的閘門，想要上鎖的話也只能從內側插上原始的門閂，似乎是受到姆塔席娜等人慫恿的修魯茲與其隊員發動襲擊時，也是為了防守而費盡心神。

即使朦朧地察覺事態發展的過程，亞絲娜還是側耳傾聽莉茲貝特的說明。

「我們是在下午四點打倒蜜蜂魔王，我在五點的時候先回到拉斯納利歐，在那之後……六點的時候移居組已經開始從斯提斯遺跡來到拉斯納利歐了。嗯，大家一開始都會探索城鎮吧？然後當然就會想知道包圍城鎮正中央的圍牆裡面有些什麼。我們當然已經插上了門閂，但不斷出現用力敲門或者是爬上柵門門柱的人……於是就跟艾基爾他們商量，緊急先撤走閘門用石牆來代替，然後改為以隧道來進出。」

「原來是這樣啊……」

一開始甚至以為是系統的Bug，但聽過說明後就能理解了。亞絲娜如果站在移居組的立場，應該也會因為在意門後面到底是什麼而忍不住敲門吧。但是——

「……不過，如果是這樣，光是撤走閘門也沒辦法解決問題吧。這點高度的牆壁，稍微輕盈一點的人應該能爬得上來，使用榔頭的話連牆壁都能破壞……」

「確實是這樣。」

莉茲貝特側眼看了一下石牆，然後一口氣喝光水果茶。亞絲娜也跟著清空杯子，接著呼出一口氣。

潛行到現在已經過了二十分鐘，泛藍夜空中有無數星星靜靜閃爍著。由菊岡送回家的桐人，如果路上不塞車的話應該是時候回到川越的家裡了，不過就算是他應該也得再花上十分鐘左右才能潛行到這裡吧。

「……迪柯斯和霍格已經跟新來的移居組說過城鎮正中央是桐人的房子，要他們別亂來並且把消息傳出去了。」

由於莉茲貝特一邊在亞絲娜杯子裡再倒一杯水果茶一邊如此表示，於是亞絲娜就有些放心地說了一句「哦，這樣啊」，但隨即又皺起眉頭。

「……但是，感覺會出現反而想要搗亂的人耶……」

「啊哈哈，我想也是～」

莉茲貝特也露出苦笑。

除了是攻略了SAO的「黑衣劍士」之外，還跟有紀在ALO的九種族統一單挑大賽裡打了一場知名的比賽，另外還持光劍在ＧＧＯ的第三屆Bullet of Bullets大鬧一番，只要是ＶＲＭＭＯ玩家大概都曾經聽過桐人的名字吧。很遺憾的是，並非所有人都對他抱持良好的印象。要是知道百無禁忌的Unital ring世界裡存在桐人的房子，非常可能會出現想要惡作劇一番的傢伙。

「至少得進行牆壁的強化吧……」

亞絲娜一這麼呢喃，莉茲貝特也收起笑容點了點頭。

「現在的牆壁只是用黏土把從馬魯巴河採集來的石頭黏在一起而已。話說回來，還沒仔細調查過耐久度呢。」

由於莉茲貝特拿著杯子站了起來，亞絲娜也從後面追了上去。

在牆壁前方停下腳步，用左手點了一顆石頭。從旁邊窺看出現的能力值視窗後，上面寫著【粗糙的石牆　建築物　耐久力５２７．３】。由於一顆石頭的耐久力大概是5到10左右，所以一面石牆個體的耐久力差不多就是這樣，不過視窗下面似乎追加了不曾見過的說明文。同時注意到這一點的莉茲貝特就出聲把它唸出來。

「嗯，這是什麼……【古樹的加護／追加耐久力１０００００】……十……十萬！」

兩人啞然面面相覷後再次凝視著視窗，不過果然不是看錯了。圓木屋本體的耐久力原本應該是１２５００才對，十萬這個數字真的是名符其實的超乎規格。

「古樹的加護……話雖如此，但根本沒長什麼古樹啊……」

亞絲娜如此呢喃，同時環視著庭院。圓木屋旁邊是長了一棵較大的庭院樹，但風貌實在不足以稱為古樹。說起來，建造這面石牆時，根本不存在這種庇佑才對。

——加護。之前好像在哪裡看過這個單字……

「…………啊！」

亞絲娜輕叫了一聲，直接衝向庭院的另一邊。

「等一下，亞絲娜！妳要去哪裡？」

莉茲貝特從後面這麼大叫，但亞絲娜沒有放慢腳步而是直接衝過庭院，到了圓木屋前面才緊急煞車。迅速極點了牆上的圓木，叫出操縱房子的視窗。

在【情報】、【交易】、【修復】、【分解】四個並排的按鍵中按下最左邊的情報鍵來叫出副視窗，然後凝眼看著下面的特殊效果欄。

【等級1／森林的加護：在建築物中心部半徑三十公尺以內，所有者以及其朋友玩家、小隊成員能在低機率下使用未滿使用條件的攻擊技能。】

記得看過這個效果。但不知道什麼時候，其下方又出現了另一個特殊效果。

【等級2／熊的加護：在建築物中心部半徑五十公尺以內，所有者以及其朋友役使之生物，其親密度不會減少，並且獲得20的追加防禦力。】

然後還有另一個。

【等級3／古樹的加護：在建築物中心部半徑五十公尺以內，所有附帶建築物將依種類獲得1000到100000的追加耐久力。此追加耐久力不會減少。】

「「就是這個——！」」

兩個人同時大叫了起來。

雖然找出十萬耐久力的源頭，但是卻又誕生新的疑問。亞絲娜他們自從第一天修理圓木屋之後就沒有進行任何的增建或者改造，為什麼建築物會提升了兩個等級呢？應該不會隨著時間經過而自動上升才對。

當亞絲娜感到狐疑時，莉茲貝特就用沒什麼自信的口氣表示：

「說不定……不是房子本身的增建，只要房子周邊蓋起各種建築物就能提升等級……」

雖然一瞬間認為有這個可能，但馬上就發現這樣的話就太奇怪了。

「但是蓋在拉斯納利歐的各棟房子，也各自有建築物等級對吧？如果剛才的假說是正確的，那許多房子互相產生作用，等級不就會無限上升了嗎？」

「真的耶…………啊，對了。」

發出細微的聲音後，莉茲貝特就敲打視窗內「特殊效果」的文字。

隨即響起清脆的鈴聲，Ｔｉｐｓ視窗跟著出現。亞絲娜想著「都忘記有這個了」，同時也看起了視窗內的說明文。

【住宅建築物只有在半徑五百公尺以內沒有其他住宅建築物存在的狀態下建立起來時會成為主體建築物，將會根據建築物等級獲得特殊效果。在接近主體建築物狀態下建立的所有建築物將視為附帶建築物，也將成為主體建築物特殊效果的對象。】

「這……這是……？」

面對無法馬上搞懂的莉茲貝特，亞絲娜開口說明自己理解的內容。

「也就是說，只有單獨一間建立起來的房子能夠被當成主體建築物……也就是像『本館』那樣，其周邊之後建造的房子或者牆壁似乎都會被當成附屬物。然後，剛才的『古樹的加護』只對附帶建築物有效果……」

「唔唔唔……」

莉茲貝特發出簡短的沉吟聲，接著換成擊點「建築物等級」這幾個字。已經疊了兩層的視窗又隨著鈴鈴的聲響打開了第三個。

【所有的主體建築物都擁有建築物等級。建築物等級能藉由強化以及增建主體建築物，或者建築附屬建築物來提升。建築物等級上升之後，將對應數值獲得加護效果。附屬建築物的建築物等級固定為0，無法獲得加護效果。】

「哦哦，原來如此。」

這次似乎立刻就理解了，莉茲貝特以右手手指「啪嘰」一聲打了一個響指。

「這棟圓木屋的等級果然是因為周圍蓋了一大堆房子才會上升。但其他房子都是附屬建築物，所以不會互相狂加經驗值。」

「拉斯納利歐裡建造許多房子的時候，有人看著圓木屋的話就會注意到建築物等級提升的特效了吧。不論如何，『古樹的加護』幫了很大的忙呢。這樣只要圓木屋不被破壞，拉斯納利歐的其他房子與牆壁就等於實質上無法破壞了。」

「的確是這樣。啊，但是……」

莉茲貝特消除兩個Ｔｉｐｓ視窗，再次看了一遍原本視窗內「古樹的加護」說明文後才開口說道：

「效果範圍是半徑五十公尺的話，就等於是拉斯納利歐的面積界限了嗎……」

「有五十公尺很足夠了吧？現在的拉斯納利歐，半徑大概是三十公尺吧？」

「沒有啦，關於這一點……」

莉茲貝特只說到這裡就把視線移往右下方。亞絲娜也跟著看了一下時間顯示。七點三十分——差不多是桐人要潛行來到這裡的時候了。

才剛這麼想的瞬間，就從左側的門廊傳出喀恰的開門聲。

亞絲娜跟莉茲貝特同時抬起頭來。從圓木屋裡衝出來的果然是桐人。完全沒注意到站在牆邊的亞絲娜她們，從門廊上跳下來後直接往西南方向猛衝。他在到昨天都還存在閘門的地點發出「滋沙」聲揚起土塵停了下來，然後大叫：

「奇……奇怪！門不見了！」

亞絲娜與莉茲貝特面面相覷，兩人同時發出聲音笑了起來。

兩分鐘後。

亞絲娜、莉茲貝特以及桐人正走在從新蓋的塔往西延伸的地下隧道裡面。

根據剛才聽見的內容，莉茲貝特他們是在下午四點打倒守門魔王，來自斯提斯遺跡的移居組是六點開始抵達拉斯納利歐。考慮到兩者之間隔了三十公里的路程就會覺得速度快得驚人，不過莉茲貝特他們在之後的一個小時內就撤走閘門，建築樓塔並且挖掘了隧道。

當然因為這裡是遊戲世界，撤除就不用說了，建築只要備齊資材就能在一瞬間結束，但挖掘隧道就沒那麼簡單了。應該說，亞絲娜不知道Unital ring世界可以在地面挖掘出大小能讓人通過的洞穴。SAO與ALO的地面都無法破壞，還以為這個原則也適用於這個世界——

一邊想著這件事，一邊在土壤外露的隧道走了二十公尺左右，就看見前方出現階梯。跟在拿著火把的莉茲貝特後面爬上階梯，發現是在一個小小的帳篷裡面。這裡似乎也是剛建造完成，地面依然是外露的土壤，也沒有放置任何家具，甚至不見人影。

在亞絲娜後面爬上階梯的桐人，稍微抬起垂在帳篷出入口的布，一邊望著外面一邊表示：

「原來如此，從巴辛族的居住地出來嗎？購物的客人確實不會來到這裡。」

「你也這麼認為吧。」

這時莉茲貝特繃起臉來。

「但新來的玩家裡面，還是有帶著一副唯我獨尊的態度，大剌剌走進巴辛族與帕特魯族家裡的傢伙，最後只能用高高的柵欄圍住兩者的居住地。雖然暫時阻止這種情況繼續發生，但艾基爾說將來可能會變成很大的問題。」

「咦……？那是為什麼呢？」

「首先看一下城鎮外面吧。」

這麼一說完，莉茲貝特就抬起布幕走到帳篷外面。

巴辛族的居住地是像把年輪蛋糕切成四分之一塊般的形狀。占地的東側建立了大大小小的帳篷，西側則並排著三棟細長的木造房子。

到昨天為止道路與建築用地之間都沒有任何東西。現在則有高兩公尺左右的柵欄圍著建築用地。但是並非完全封閉，北邊與南邊各有一扇門，鄰接東邊內圈道路那一面則沒有柵欄，取而代之的是一整排橫向的攤販般小型帳篷，可以看到因為許多顧客而顯得相當熱鬧。

巴辛族擅長加工野獸的皮革、骨頭與牙齒，他們製作的皮鎧與骨骼武器不但重量輕、強韌，而且造型也很不錯。雖然也因此絕對算不上便宜，但新來到的移居組裡面，應該有不少人會想要巴辛族的裝備而非莉茲貝特所製作的常見鐵製裝備吧。

或許是想到同樣的事情，莉茲貝特呢喃了一聲「哪能輸呢……」後，隨即面向北側的門。跟認識的巴辛族戰士打招呼後，來到通往西北方的道路——通稱「十點鐘道路」。由於對面那一側是廄舍區域，所以購物的客人寥寥可數。

三棟廄舍裡面，西莉卡的寵物尖刺洞熊米夏、桐人的寵物背琉璃暗豹小黑與鈍色長尾鷲小鉛，以及亞絲娜的寵物長喙大鬣蜥阿蜥正在待機。最後親手餵食阿蜥已經是將近二十個小時之前的事情，雖然很想去見見牠，但是接下廄舍管理工作的NPC們應該會好好照顧牠們，而且靠著「熊的加護」力量親密度似乎也不會降低，所以還是忍耐下來追上莉茲貝特。

從十點鐘道路往外圈方向前進，就看到前方出現拉斯納利歐的西北閘門。閘門目前整個打開，穿過沒有門房的閘門後，雄偉的賽魯耶提利歐大森林就在眼前——原本應該是這樣。但是……

「咦咦？」

「這……這是怎麼回事！」

亞絲娜與桐人同時大叫了起來。

從包圍拉斯納利歐的外圍防壁又繼續往外開拓了將近二十公尺的森林地，該處擠滿了無數的房子。雖然幾乎都是簡樸的木造寮屋，不過也能看見由石頭疊起來的小屋。似乎是在系統可允許的密度下凌亂地大量建造，所以建築物的方向都不一樣，通路也是歪七扭八。還能看到兩三名玩家各自聚在隨處可見的，連最小的小屋都無法建立的空地上以營火在烤些什麼。

茫然呆立了一陣子後，亞絲娜才好不容易開口表示：

「太……太厲害了……為什麼會變成這樣呢……？」

「大概是受到剛才的『古樹的加護』影響吧。」

如此回答後，莉茲貝特就用指尖擊點附近一間小屋的牆壁。由於並非持有者，因此出現的視窗只記載了建築物的種類與耐久力。不過上面確實存在著【古樹的加護／追加耐久力100000】的表記。

「一開始有人先在防壁附近蓋起小屋，然後就注意到這個加護。一般的話耐久力只有四五千左右，不在的期間損毀的話裡面的道具就有被搶走的危險，如果追加的耐久力有十萬，那幾乎就等於無法破壞了。在道具欄容量很容易吃緊的這款遊戲裡，能夠以最小限度的功夫建造安全的道具保管地點將會帶來相當大的優勢。而且擁有自己的家，就不用每次登出時都得去住旅館了。」

莉茲貝特的說明非常具有說服力。因為亞絲娜他們遭遇Unital ring事件的首日，就為了從襲擊過來的尖刺洞熊手中保護圓木屋而費盡千辛萬苦。

「……原來如此。那當然會拚命蓋了……」

桐人也用力點點頭這麼說道，不過立刻又歪著頭表示：
「但這種狀況跟巴辛族的居住地將來可能會產生很大的問題有什麼關聯？」
「嗯，這全是從艾基爾那裡聽來的……」
莉茲貝特這次換用指背「咚咚」敲著拉斯納利歐的防壁。
「一旦有了房子，就會想要在更安全的地點有更大一點的住居吧。但是拉斯納利歐裡有一半的土地變成NPC的居住地。將來一定會出現吵著把他們趕走然後把地分給玩家的傢伙……艾基爾是這麼說的。」
「哪能這麼做啊！」
亞絲娜反射性這麼大叫。
「巴辛族與帕特魯族是我們招攬到拉斯納利歐的。骸骨……不對，Life Harvester襲擊過來時也賭上性命跟我們一起戰鬥，哪能到了現在還把他們趕出城鎮……」
「我知道的，亞絲娜。我絕對不會做這種事。」
堅定地如此宣告後，桐人就用右手輕觸亞絲娜的左肘附近。
心情似乎因為這樣而稍微冷靜下來的亞絲娜，對桐人點點頭後再次開口：
「『古樹的加護』的效果是半徑五十公尺，所以防壁還能再往外擴張二十公尺。先暫時要他們撤除蓋好的房子，把防壁移動到接近加護範圍的界限，然後好好劃分土地後再重建一次的話……不對，乾脆由我們來準備兩層或者三層樓的集合住宅，就能住下比現在多出數倍的人了。」

「……確實是這樣。不過，應該很難實現……」

亞絲娜對皺起眉頭的桐人詢問「為什麼？」。結果桐人就看著在巴掌大的空地單手拿著烤肉熱絡談話的男人們，同時開口回答：

「ＭＭＯ玩家基本上討厭配給。跟從某人那裡領到的整齊房間比起來，還是自己蓋的房子比較好，我覺得這樣的人應該占大多數。甚至應該有想在拉斯納利歐之外建立新城鎮的人存在才對……」

話說到這裡突然間中斷，桐人重新轉向亞絲娜與莉茲貝特並輕輕攤開雙手。

「對了，為什麼不這麼做？照剛才的話來看，在距離拉斯納利歐五百公尺以上的地點建立的房子就能成為主……主……」

「主體建築物。」

以食指迅速指向幫忙提詞的亞絲娜後繼續說道：

「就能成為那個對吧？這樣就能獲得加護的效果，也能夠盡情地使用土地了吧。」

「……的確是這樣……」

當亞絲娜跟桐人一起露出疑惑的表情時，旁邊的莉茲貝特就說出令人意外的發言。

「好像有人試過這麼做了喔。」

「咦！那麼附近建立起其他的城鎮了？」

「這個嘛……這是我聽說又聽說得來的消息，所以不知道詳情。好像是從斯提斯遺跡移居過來的一個集團，在從這裡往西北方的河畔開拓了土地並且蓋好房子。結果不到五分鐘就有一隻超～巨大的野豬發動襲擊，把房子全都撞壞了。」

「野豬……」

亞絲娜再次跟桐人面面相覷。

「……這附近沒看過那樣的怪物啊。」

「就是說啊。應該不會……是被房子給吸引過來的……吧……」

雖然是隨口說出的發言，但腦袋的角落卻覺得有點不太對勁，於是開始回溯記憶。

六天前的星期日，圓木屋確實是在傍晚的五點又過了幾分鐘後掉落到這個地方。然後巨大尖刺洞熊是大約三個小時後發動襲擊。

如果說那場襲擊並非偶然的話——

「……說不定真的是那樣。」

亞絲娜剛這麼呢喃，莉茲貝特就眨著眼睛表示：

「也就是說，野豬真的是被房子吸引過去的？那樣也太過分了吧？」

「不……的確有可能。那時候莉茲還沒跟我們會合，但我們的房子也在第一天的夜裡被大到誇張的熊襲擊了。」

「啊，話說回來，好像聽過這件事。」

「我還以為是用劍技將圓木砍成木板的製材聲把牠吸引過來了，看來機制是有房子建立的話就會有該地區的主宰般怪物發動襲擊。這附近的主宰原本是尖刺洞熊，但被西莉卡馴服了，所以出現野豬作為新的主宰之類的……」

「嗚咿，如果是這樣也太黑心了吧？」

莉茲貝特誇張地繃起臉來。亞絲娜雖然也有同感，不過也有覺得原來如此的部分。

「確實很黑心，但加護的效果也相當強力。要在練功區蓋房子……不對，建立城鎮可能非常困難，不過一旦成功的話就無法輕易破壞，大概是這樣取得平衡吧。」

「原來如此……」

以沉吟聲這麼說完，莉茲就轉頭看向拉斯納利歐。

直徑六十公尺的範圍其實小到根本無法跟現實世界的村鎮做比較。甚至有許多占地面積差不多就是這麼大的公寓。就算是這樣，這裡依然是亞絲娜他們拚命防守、培育的重要城鎮。首日是尖刺洞熊，第二天是修魯茲小隊，第四天是The Life Harvester，然後第五天是姆塔席娜軍……每場戰役都是只要犯點小錯就會敗北，而且接下來或許會受到更大規模的襲擊。

一想到這裡，就覺得現狀仍不能算是安穩。雖然有「古樹的加護」保護，但被某種手段把圓木屋整個破壞的話，加護的效果就會消失。因為這個世界除了使用原始火藥的槍械、飛天的寵物之外，還存在能讓一百個人同時窒息的超大魔法。如果被從上空轟炸的話，防壁再怎麼堅固都沒有用。

「莉茲啊……」

「嗯？」

「我記得圓木屋的Ｔｉｐｓ裡，寫著建築物等級能藉由強化以及增建主建築物，或者是建築附屬建築物來提升對吧……」

「只看過一次，虧妳能背得下來耶。」

露出苦笑之後，莉茲貝特就輕輕點頭。

「雖然沒有自信是不是一字一句都一模一樣，不過確實寫著那樣的意思。」

「那只要改造圓木屋的本體，就可以更加提升等級了吧。」

「咦……可以嗎，亞絲娜？」

由於桐人從背後這麼詢問，亞絲娜就轉過頭去點頭。

「嗯，能做的事情就盡量做。」

「……這樣啊。」

桐人也微笑著回點了一下頭。

要是說沒有一絲猶豫的心情那就是在說謊。那間圓木屋是在艾恩葛朗特的第二十二層，跟桐人度過短短兩個星期同居生活的回憶之家。正因為這樣，當它掉落到這個Unital ring世界後才會拚了命地保護它的完整，可以的話也希望能夠讓它保持原樣回歸ＡＬＯ。但遭到破壞的話就得不償失了，而且——家的本質大概不是它的外形。

當亞絲娜想到這裡時，眼前的桐人就改變了微笑的含意。

「……怎麼了？」

「沒有啦……亞絲娜不在的時候，我也跟結衣討論過圓木屋的增改建。我原本想『亞絲娜應該不會贊成……』，結果結衣卻這麼說。她說『媽媽不是會拘泥於外表的人，只要本質還殘留著，就算房子的形狀改變了也完全不會在意』。」

「……結衣說了這種話嗎……」

「然後，我詢問本質是什麼後……」

當桐人說到這裡，亞絲娜就伸出右手來阻止了他。

「不要緊，我了解。」

「……這樣啊。」

互相交換了一個微笑的時候。

「咳咳！」

突然從背後傳來刻意的乾咳聲，亞絲娜就急忙轉過身體。

「抱……抱歉，莉茲。」

「不需要道歉啦～只是我差不多該回去工作了～」

「什……什麼工作？」

「就是這個啊。」

恢復成原本口氣的莉茲貝特，做出以榔頭不停敲打般的動作。

「啊……原來如此，莉茲回到圓木屋是為了打鐵的工作嗎？」

「沒錯。」

「那其他人到哪去了？」

「那還用說。」

莉茲貝特舉起右手，指向北方的天空。

「去攻略爬上第二層的階梯迷宮了！」

4

整合騎士愛麗絲・辛賽西斯・薩提的記憶，是從穿著薄衣躺在充滿清純白光的空間裡開始。

抬起眼瞼，因為太過炫目而眨了幾下眼睛後才緩緩撐起身體。環視周圍，以昏沉的腦袋思考著「這裡是什麼地方」、「我為什麼會在這裡……」，然後才注意到連自己是誰都不知道。想不出名字與成長的經歷而感到茫然時，突然背後就響起比砂糖甜點還要甜，比絲絹更加光滑的聲音——

「……姊姊？妳怎麼了，愛麗絲姊姊。」

肩膀被靜靜地搖晃，愛麗絲隨即瞪大雙眼。

眼前以擔心表情窺看著自己的是有著一頭稻草色頭髮的少女。不對，已經不是能稱作少女的歲數，但熱水裡的身軀卻跟以前一樣纖細。

「好像稍微恍神了。我沒事的，賽魯卡。」

愛麗絲這麼回答完，賽魯卡就露出燦爛笑容。

「真的很舒服對吧。在中央聖堂的澡堂跟姊姊泡澡一直是我的夢想。」

「呵呵……我當初生活的那間森林小屋，浴池小到根本沒辦法一起泡澡啊。」

「原本覺得盧利特村教會的浴池就很大了，但跟這座大浴場比起來根本是牛與老鼠嘛。」

令人懷念的地底世界慣用句，讓愛麗絲忍不住發出輕笑聲。

「……？什麼事情這麼有趣？」

「抱歉。在現實世界呢，這種時候是用『月亮與鱉』來比喻喔。」

「鱉……那是什麼？」

「我也沒看過實物，不過好像是烏龜的一種。」

「烏龜？為什麼拿露那利亞……不對，是亞多米娜跟烏龜相比呢？一邊是行星，一邊是動物吧。」

賽魯卡像是沒辦法接受般啪嚓啪嚓擊打著水面，不過愛麗絲也不清楚答案。這裡是現實世界的話，就能在視界叫出全息圖視窗，然後利用網路搜尋了……忍不住這麼想之後，又對自己說「辦不到這種事才是理所當然」。

相對地，愛麗絲在熱水中攤開雙手。

「那一邊的世界有許多奇怪的慣用語喔。」

「這樣啊……話說回來，桐人跟亞絲娜有時候好像也會用不可思議的語言……」

如此呢喃後，賽魯卡就抬頭看著正面的窗子。愛麗絲也看往相同的方向。

中央聖堂大浴場的巨大窗戶外面，滿天星星正靜靜眨著眼睛。愛麗絲原本一直稱呼飄浮在其中一角的金色半圓形是「月亮」，現在的正式名稱則是「伴星亞多米娜」。

把存在人界的這顆行星稱為卡爾迪娜，夜空的彼方那顆雙子星稱為亞多米娜的應該是桐人吧。雖然會想詢問為什麼行星的名字會取自歷經嚴酷戰鬥後親自打倒的亞多米尼史特蕾達，但很可惜的是桐人沒有星王時期的記憶。

「……賽魯卡曾經去過亞多米娜嗎？」

突然感到在意而如此詢問後，妹妹就啪嚓一聲再次拍打了一下水面。

「當然了！不是去過而已，我一起參加了最初的遠征喔。從機龍上走下來，看到地面一直到地平線都被黃花覆蓋時真的嚇了一大跳。」

「……這樣啊，因為妳當時是神聖術師團長嘛。」

這是兩百年前的公理教會不存在的職位。教會的神聖術師們稱為修道士，由四名上級司祭以及其上位的元老長裘迪魯金來管理。因此神聖術師團長就立場上來說是裘迪魯金的後任——正確來說賽魯卡之前還有阿優哈．芙莉亞。

一想到這裡心情就有點複雜，但不論前任者是什麼樣的人物，都無損阿優哈與賽魯卡的功續。

「妳很努力呢，賽魯卡。」

伸出左手來撫摸她潮濕的頭髮。現在的賽魯卡，不論肉體還是精神的年齡都比愛麗絲年長，但妹妹還是妹妹。賽魯卡露出很開心的微笑，靜靜把身體靠了過去。

桐人與亞絲娜在第八十層被光線包圍並且消失時，愛麗絲原本認為自己也馬上會被強制斷線，於是用力抱緊賽魯卡。但等了幾秒都沒有那種跡象，於是只能在覺得有點尷尬的情況下解開擁抱。大概是貼心的神代博士只讓愛麗絲繼續潛行吧。

雖然很感謝她的心意，但是因為沒有跟現實世界通訊的手段，所以不知道什麼時候會斷線。當愛麗絲猶豫著剩餘的時間該如何度過時，賽魯卡就突然大叫「我想去泡澡！」。

現在想起來，賽魯卡已經在雲上庭園持續坐了一百四十年。雖然艾莉每天幫忙掃除堆積在身體上的灰塵，不過還是能理解她想要泡熱水澡的心情。

由於羅妮耶與緹潔也立刻表示贊同，所以一行人就從八十樓移動到九十樓，除了表示另有工作的艾莉與耶歐萊茵之外的六個人與一隻小動物就一起入浴。愛麗絲、絲緹卡與羅蘭涅三個人雖然四個小時前才剛入浴，但中央聖堂大浴場的魅力，就算一天洗好幾次澡都不會減少。

稍微遠一點的地方，羅妮耶等四個人正在熱水裡面對面，並且熱絡地聊著天。看來兩名子孫正在說明一族的歷史，若是想仔細說明長達兩百年裡發生的事情，不論有幾個小時都不夠。

愛麗絲明明也有許多哪天能跟賽魯卡再會的話想好好跟她聊聊的話題，但像這樣並排泡在熱水裡後，就覺得光是這樣心靈與身體就被溫暖滿足了，頓時包裹在輕飄飄浮起的感覺當中。剛才想打瞌睡應該就是這個緣故。因為是冀望已久的時間，要是忍不住睡著就太可惜了。

「……姊姊也累了吧？想睡的話就睡吧。」

聽見賽魯卡的呢喃聲，愛麗絲就拚命抬起不知道什麼時候闔上的眼瞼。

「不，我不要緊。好不容易才再次相見，得多聊一些才行。」

「呵呵……姊姊像個小孩子一樣。」

這麼說完，賽魯卡就輕笑了起來。雖然不甘心，但是根據艾莉的說明，現在賽魯卡的精神計算起來已經超過七十歲了。相對的愛麗絲只有短短六年再多幾個月的記憶。

愛麗絲．辛賽西斯．薩提是暫時寄宿於愛麗絲．滋貝魯庫肉體中的靈魂……她已經不再這麼想了。即使如此，還是經常會出現感覺到自己異常幼稚與愚蠢的瞬間。

愛麗絲再次伸出左手，以指尖觸碰賽魯卡比記憶中容貌成熟一些的臉頰。

「賽魯卡……妳是為了我才接受天命凍結術式的嗎……？」

從嘴巴裡掉出原本不打算問的問題。雖然嚇了一跳，但來不及了。

賽魯卡抓住愛麗絲的左手，邊以雙手包裹住邊回答：

「當然也有關係，但不只是這樣喔。」

「……那還有什麼原因？」

「這個嘛……天命凍結術雖然可以讓天命的減少與外表的變化停止，但無法防止搖光的容量減少與斷片化。為了等待姊姊回到地底世界的日子，必須要復活失傳的石化凍結術，Deep freeze術式……但是……」

賽魯卡說到這裡就稍微閉上嘴巴，然後將視線朝向北方天空才繼續說道：

「……盧利特村的阿薩莉亞修女曾經教導我說，人出生、成長、老死是世間的常理，也是史提西亞大人的旨意，因此我對天命凍結術與石化凍結術都有抵抗感。一直煩惱著只是因為自己想再次見到姊姊的任性想法，就讓違反教會宗旨的術式甦醒真的可以嗎？然後有一天，我找桐人商量這件事情……」

「他會說盡量任性沒關係吧。」

愛麗絲插嘴這麼說完，賽魯卡就一瞬間瞪大眼睛，不過立刻就又噗哧一笑。

「啊哈哈，答對了。不過正確來說是『賽魯卡可以盡量盡～～量耍任性沒關係！我允許妳這麼做！』。」

「……彷彿可以聽見聲音。」

「呵呵。而且在那之後，我怎麼說也是以修女見習生的身分來到中央聖堂，他卻對我說出動搖信仰基礎的發言喔。他說這個世界最任性的人就是制定了公理教會與禁忌目錄的最高司祭亞多米尼史特蕾達大人。聽見這種話……就覺得自己的糾葛本身不過是自以為是，於是決定以自己最重要的事情為第一優先。」

「最重要的事情……？」

「當然就是再次跟姊姊見面了。」

賽魯卡把一直握住的愛麗絲左手按住自己的胸口，然後移開。

「……之後我就開始跟阿優哈大人一起研究石化凍結術……那個時間點仍沒有打算接受天命凍結術，但再會時我變成老奶奶的話，姊姊會嚇一大跳吧？而且那個時候，羅妮耶她們也因為其他理由而凍結天命，所以我才想跟她們一起。」

「羅妮耶她們……」

愛麗絲再次把目光移向四人，同時小聲問道：

「其他的理由是什麼？」

「嗯……這個妳還是直接問本人比較好……」

聽她這麼說，也就無法繼續質問下去了。

其實愛麗絲在雲上庭園聽艾莉的說明時，就覺得有點不可思議了。雖然跟羅妮耶、緹潔兩個人的交流僅限於異界戰爭進行當中的短短幾天，但還是覺得兩人是直率且溫柔的少女。雖然是擅自的想像，但是感覺這兩個人將來會跟適合她們的對象結婚各自建立家庭，生下孩子後隨著年齡增加過著幸福、平穩的日子才對。

所以成為整合騎士也就算了，兩人一起接受天命凍結術讓愛麗絲感到意外。正如賽魯卡剛才所說的，不會變老等於置身於人類與世界的常理之外。過去存活遠遠超過百年的整合騎士們——迪索爾巴德、法那提歐以及貝爾庫利，愛麗絲不認為永遠的生命讓他們感到幸福。就連其他騎士們以及自行凍結天命的最高司祭亞多米尼史特蕾達也是一樣。

或許是從愛麗絲的表情看出什麼了吧，賽魯卡在她的耳邊呢喃：

「或許不該由我來說，但不是什麼不幸的理由。她們兩個人應該會很樂意告訴妳才對。」

「這樣啊……那有機會我會問問看。」

對賽魯卡報以微笑，正準備開口說「差不多該起來了」的那個時候。

就從通往脫衣處的門口那邊傳來沉穩且相當清晰的聲音。

「各位，餐點已經準備好了。」

下一個瞬間，就像是理解這句話的意思般，長耳濕鼠納茲立刻從熱水裡跳出來發出「啾嚕嚕！」的高昂叫聲。

從熱水裡爬上來並且整理好儀容的一行人，被艾莉帶到中央聖堂第九十五樓的「曉星望樓」。

兩百年前直接通往空中的外圍部，被種植在大理石長形花盆的小樹給遮住了。坐鎮在廣大樓層中央的是一艘純白的大型機龍。乍看之下跟今天一開始來到這裡時沒有兩樣，但是仔細看機龍——澤法十三型的腹部就發現裝甲出現深邃的裂痕，內側的管線與機械類全都受到無情的破壞。愛麗絲雖然完全不懂機龍的構造，但還是能直覺到這並非能夠輕易修復的損傷。

爬完樓梯後停下腳步，入迷地看著受傷的機龍，結果緹潔她們從左右兩邊追過愛麗絲，在她稍微前面一點的地方停了下來。

艾莉說過澤法十三型是在距今剛好一百年前，也就是星界曆四八二年roll out——應該是「完成」的意思吧。賽魯卡、羅妮耶、緹潔她們是在四四一年接受石化凍結，所以她們三個人都是首次見到這艘機龍。

愛麗絲的推測似乎沒有錯，最後緹潔以感嘆般的口氣呢喃著：

「這就是桐人學長製造的最後一艘機龍……」

接著羅妮耶則指著機體的後部說：

「看哪，有三個噴射口喔。學長成功開發出複座三發機了。」

賽魯卡接著也開口表示：

「竟然能在那樣的損傷之下從亞多米娜飛回卡爾迪娜……」

「不，其實不是飛回來的。」

做出訂正的是讓納茲坐在肩膀上的艾莉。聽見她這麼說後，羅妮耶就歪起頭來。

「咦……？但剛才不是說在亞多米娜受到攻擊才會受到那樣的損傷嗎？」

「是的。是桐人大人打開從亞多米娜通往這裡的『門』，將澤法傳送到此。」

「…………」

愛麗絲忍住笑意望著沉默下來的三個人。

老實說，愛麗絲有點覺得離開地底世界後，已經被作為整合騎士工作數十年的羅妮耶她們超越了，但不論是哪個時代的哪個世界，都同樣會對桐人的胡來感到傻眼。

「好了，請入座吧。」

催促羅妮耶她們的艾莉，對著澤法的方向稍微加大了音量喊道：

「耶歐萊茵大人，請過來用餐吧。」

結果從貫穿機龍腹部的巨大裂痕中出現一道人影，以輕巧的動作跳到地面來。那是整合機士團長，耶歐萊茵．哈連茲。

依然戴著白色面具的他，已經把剛才穿著的機士服換成了連身的工作服。看見那套工作服上到處都是髒汙後，就知道他似乎試著要確認損傷的情況或者試圖要修理。

從愛麗絲後面爬上樓梯的絲緹卡與羅蘭涅，一看見機士團長這種模樣的瞬間，立刻就慌張地大叫：

「閣下，修理的工作請交給我們！」

「馬上就從基地呼叫維修隊過來！」

「等等，別白費功夫。」

走過來的耶歐萊茵以手帕擦拭脖子上的汗水，同時以沉穩但是沒什麼幹勁的聲音說道：

「無法讓維修隊進入中央聖堂的封印階層，也沒有將澤法搬運到基地的方法。嗯……桐人的話或許能夠用心念搬動它，不過那輛機體上搭載了許多連我都沒見過的構造與裝置。老實說，連維修隊長應該都無法處理，為了防止情報洩漏，還是別讓它離開這裡比較好……」

就算不把它運出中央聖堂，身為機龍製造者的桐人應該也能修好吧——原本想這麼說的愛麗絲閉上了嘴巴。現在的桐人沒有製造那架機龍時的記憶。

毫無權力與支配慾望的桐人之所以會接下星王這樣的重責大任，一定是因為無路可逃了，不過他為了地底世界努力了一百年以上也是事實。為了好好地傳達對這樣的努力與奉獻的感謝之意，果然還是希望他有一天能取回記憶，但想到這樣可能會讓他變成不再是現在的桐人就一直無法說出口。

據說是桐人與亞絲娜主動要求消除星王、星王妃時代的記憶。就算是因為有記憶容量的問題，只要願意的話，應該還是能辦到只留下重要記憶這樣的操作才對。到底為什麼那兩個人要選擇完全消除異界戰爭之後的龐大記憶——回憶呢——

當愛麗絲想到這裡時，不知道什麼時候移動到她身邊的賽魯卡就抓住她的右手說：

「姊姊，都說要吃飯了！」

「呃……嗯。」

手被拉著往前走的前方，可以看到燭臺的光線照耀著大理石製純白長桌。桌子左右各放了五張，共計是十張白金櫟的椅子，全都是兩百年前的公理教會時代就存在於這個地方的物品。

當愛麗絲以整合騎士的身分生活在這座塔裡時，最高司祭亞多米尼史特蕾達極少離開最上層自己的房間，不過一年裡會有幾次被叫到「曉星望樓」，那個時候正是在這張桌子前面陪她喝茶。不過其實是愛麗絲單方面報告自己的近況與黑暗界的動向，幾乎不記得有什麼像樣的對話。但專屬廚師哈娜展現手腕為最高司祭烤的全是九十四層的餐廳裡沒有供應的甜點，所以還是有點期待被找去。

現在，即使經過兩百年也完全沒有老舊的桌子上，排著看起來很新鮮的沙拉、冒著熱氣的濃湯、發出懷念香氣的烤甜點，以及使用當時不存在的生奶油所製成的蛋糕。

這時緹潔、羅妮耶、絲緹卡、羅蘭涅等四個人已經坐到位子上等待著愛麗絲她們與耶歐萊茵。尤其是兩名年輕人，一看見豐盛的食物空腹感似乎就達到極限，表情顯得有些空虛。

再讓她們等下去實在太殘酷，所以愛麗絲急忙坐到緹潔對面的位子上。賽魯卡也坐到她旁邊的位子，不過耶歐萊茵在通往樓梯的通道途中停下腳步，朝著艾莉說道：

「托魯姆大人，我先去洗淨髒汙。」

「知道了。請使用九十樓的大浴場。」

以「謝謝您」回應了艾莉的發言後，機士團長就快步走向階梯並且消失了。

回過頭來的艾莉表示：

「各位，請用吧。」

如此催促的瞬間，絲緹卡與羅蘭涅就以眼睛看不見的速度握住刀叉，以硬擠出來一般的聲音大叫：

「開動了！」

5

——如果有兩個自己的話！

活了十八年，大概從沒有如此強烈地這麼想過。

Unital ring世界的動向當然令人在意。聽見西莉卡他們打倒蜜蜂魔王、世界是三段同心圓構造以及通往第二層的階梯迷宮，還有兩個勢力搶在前ＡＬＯ組前面等內容後，就沒辦法輕易登出了。

但是像這樣在賽魯耶提利歐大森林移動的期間，席捲Underworld的陰謀也遲遲無法離開腦袋。

伴星亞多米娜的祕密基地以及在那裡進行的殘忍生體實驗，謎樣「槍使」伊斯達爾與耶歐萊茵的關係，來自現實世界的入侵者其真面目與目的。

還有幾乎都沒跟從石化凍結術醒過來的羅妮耶、緹潔、賽魯卡等人說到話。自從離開盧利特村後就沒再見過賽魯卡，羅妮耶與緹潔則稍微還記得她們應該跟我一起去參加與黑暗界軍的和談交涉，但很可惜的是不記得最後交談的內容了。

如果可以的話，希望能複製搖光，讓兩個自己同時潛行到Unital ring與地Underworld……這麼想之後，就發覺這樣只會變成另一個人。然後由我的性格來看，絕對無法好好跟另外一個桐人相處。因為就連對於並非複製的「過去的自己」，也就是星王桐人陛下，我都好幾次出現「這個臭傢伙」的想法了。

果然還是只能交互潛行到這兩個世界並且乖乖努力嗎……當我正想嘆氣時，突然又想起來。

進入中央聖堂前，耶歐萊茵曾說過「說不定也有方法可以解決桐人你們的滯留限制時間的問題」，結果那到底是什麼意思呢？難道他能說服我跟亞絲娜的雙親，讓他們認可我們進行吊點滴的長時間潛行嗎？

我一邊撥弄停不下來的思緒一邊走著，結果在前面的莉茲貝特就突然停下腳步，指著前方說：「那裡就是蜂窩巨蛋的入口喔。」

我以右手讓背琉璃暗豹小黑停下腳步，然後舉起左手的火把。

大約五公尺前方，左右兩側可以看見長著銳利尖刺的灌木互相糾纏在一起，形成了一道天然的障壁。根據從弗利司柯爾那裡聽到消息的莉茲貝特所說，那道尖刺障壁往東西兩邊延伸了數公里，完全不可能繞過去。

莉茲貝特手指指的是在障壁的某個部位張開漆黑大嘴的隧道。裝飾著入口的無數尖刺看起來相當危險。

「……魔王不會再湧出吧？」

帶著長喙大鬣蜥阿蜥的亞絲娜很不安般再次確認後，莉茲貝特就輕輕歪著脖子說：

「嗯……大概啦。」

「什麼大概，莉茲……」

「啊哈哈，別擔心啦。就算再湧出，隧道的出口也是安全地帶，馬上就能從蜜蜂的振翅聲得知危險。」

「我相信妳喔！」

阿蜥也發出「呱啊！」一聲來配合亞絲娜的再確認。

現實世界當然不存在長喙大鬣蜥這種生物，飛蜥科似乎是廣泛分布於亞洲到非洲的樹蜥科之別稱。該科知名的蜥蜴有褶傘蜥與鬃獅蜥等，其他的飛蜥科也幾乎都是有著蜥蜴外型的蜥蜴，不過阿蜥卻有著小型肉食恐龍般胴體上放了一顆長有鴨嘴的頭顱，是讓人想吐嘈「哪裡像蜥蜴了！」的外表。

身體覆蓋在泛綠色的鱗片狀皮膚下，鴨嘴內側排列著尖銳的牙齒。手腳上具備形狀凶惡的鉤爪，是四隻——畢娜也算進去的話就是五隻寵物裡面外表最像怪物的一隻，但不可思議的是卻給人討喜的感覺。

莉茲貝特朝阿蜥走去，發出「啊嘎嘎嘎嘎」的謎樣聲音並且搔著牠的脖子下方。接著又邊說著「小黑──」邊用力搔著小黑的脖子，然後才像滿足了一樣快速轉身表示：

「好，我們走吧！」

如此宣布完就大步朝著隧道走去，我跟亞絲娜面面相覷後也從後面追上。

幸好蜜蜂魔王，也就是Gilnaris Queen Hornet沒有再次湧出。由於被討伐後只經過四個小時，雖然沒有今後就一直不會復活的證據，但如果是像SAO樓層魔王般的存在，不會再次湧出的可能性就很高。

一想到這裡就對沒能參加攻略感到很可惜，不過西莉卡與詩乃他們奮戰並且在沒有犧牲任何玩家與NPC的情況下擊敗魔王確實值得稱讚。除了稱讚之外，也想順便仔細問一下入手了什麼樣的寶物……我想著這些事情，同時走在大樹枝葉形成的巨大巨蛋當中。

雖然聽不見蜜蜂振翅的聲音，但是地面各處的大王花般花朵的周圍不斷傳出喀沙喀沙的危險聲音。據莉茲貝特所說，發出聲音的是吸取大王花──正式名稱「加魯加摩爾花」花蜜的，全長達十公分的蝨子。

聽說蝨子的肚子裡吸了滿滿的花蜜，抓住的話說不定能獲得這個世界相當貴重的糖分，但我推測亞絲娜發出悲鳴的機率最少也有七成左右，所以還是忍了下來。

穿越直徑五十公尺，也就是說面積逼近拉斯納利歐的巨蛋後，前方出現幾乎是垂直的岩壁。這就是阻隔Unital ring世界第一與第二層的，高度達兩百公尺的斷崖底部吧。白天時爬上賽魯耶提利歐大森林的大樹，應該就能看見聳立在北方的牆壁。

岩壁表面放射出看來極為堅硬的微弱光澤，幾乎沒有手腳能施力的凹凸處。就算是在虛擬世界，想要用攀岩技術爬上這座斷崖確實是自殺行為。

如此一來，如果是像殘留在拉斯納利歐的鈍色長尾鷲小鉛那樣的飛行寵物……雖然忍不住這麼想，但這應該不是能用如此簡單的手段就能突破的障壁。比如說崖上是強到不可思議的飛行型怪物的地盤，只要飛近就會被打到半死——雖然可以想到這樣的情節，但我沒有去確認的意願。

因此我便收起冒險心，在莉茲貝特的引導下靠近岩壁。三個人的火把照耀出像被兩棵樹隱藏起來般張開大嘴的橢圓形洞窟。

高度兩公尺、寬一公尺半左右。入口附近凹凸不平的岩石表面，讓人無法立刻看出究竟是天然物還是人造物。不知道的人應該不會認為這是通往下一個階層唯一的通路吧。

「想不到竟然這麼小……」

莉茲貝特也點頭同意亞絲娜的看法。

「就是說啊。這是詩乃的推測，她說這樣的大小或許是為了限制能帶到上層去的寵物。」

「啊……」

如此呢喃完，亞絲娜就看向旁邊的寵物。阿蜥的身高跟亞絲娜差不多，寬度也算瘦削，所以這樣的大小應該可以通過才對。當然小黑也能輕鬆通過，但在拉斯納利歐待機的米夏可能肩膀會摩擦岩壁。

「西莉卡之所以沒帶米夏過去，是因為在裡面卡住就不妙了的關係嗎？」

「是啊。她說先以只由人類組成的隊伍去到出口，確認米夏到底能不能通過。」

「原來如此……順帶問一下，有哪些人進入洞窟？」

「嗯……西莉卡、詩乃、克萊因、亞魯戈、莉法、結衣、霍格、薩利翁、西西、弗利司柯爾……吧。」

折著手指邊數邊舉出姓名的莉茲貝特，抬起頭來繼續說道：

「雖然蜜蜂魔王攻略戰時有更多人參加，但所有人都先回到拉斯納利歐，然後還能潛行的人再次組成洞窟攻略聯合部隊。至於巴辛族與帕特魯族則表示有『禁止攀登盡頭之壁』的祖訓。」

「盡頭之壁……」

是跟Underworld包圍人界的「盡頭山脈」有些類似的名字，不過這應該只是偶然吧。

「莉茲為什麼沒有參加聯合部隊呢？」

聽見亞絲娜的問題後，莉茲貝特不知為什咧嘴露出笑容。

「馬上就知道了。」

洞窟內雖然有點涼，但不像在馬魯巴河下游發現的「瀑布後洞窟」那樣潮濕，所以能舒適地行走。

在蜿蜒的通道上前進了短短二十公尺左右就來到寬敞的空間。深處可以看見明顯是人工挖掘出的往上階梯。為了慎重起見用火把將房間所有角落都照了個透，不過沒看到怪物的身影。

相對地，我找到從深灰色壁面微微突出的紅黑色岩塊，隨即發出「哦」的聲音。跑了過去用手撫摸後，就感覺到冰冷粗糙的感觸。這絕對是鐵礦石。

「哎呀，這個房間裡還有嗎？」

由於從後面聽見莉茲貝特的聲音，我便回過頭去表示：

「原來如此，因為從這座洞窟補充了鐵礦石，才打算留在拉斯納利歐進行打鐵的工作對吧。」

「沒錯。」

「那我們就打擾到妳的作業了。抱歉還要妳帶路，莉茲。」

莉茲貝特對道歉的亞絲娜用力搖了搖頭。

「沒關係啦，店內已經有可以撐一個晚上的庫存了，何況鐵礦石本來就是越多越好！」

這麼說完後就單手拿著十字鍬靠近牆壁，以熟練的手法敲打礦石。僅僅敲打五次，礦石就碎成兩塊滾落到地面。

我撿起其中一塊交給莉茲。接著再次環視四周，結果已經沒有鐵礦石了。

給小黑與阿蜥一些肉乾，我們也回復TP、SP後就踏上階梯。爬上現實世界三層樓左右的高度後，再次來到橫向通道。看來跟艾恩葛朗特的迷宮塔一樣是一連串階梯連接樓層的構造，但是那邊最多也只有一百公尺，這裡則是有兩百公尺。這已經是接近東京都廳舍的高度了。

雖然從二樓就開始出現怪物，不過頻率相當低。應該是因為一個半小時前就先行出發的西莉卡他們幫忙清掃過途中的怪物吧。

除了處理蠍子、蝙蝠、蜈蚣等洞窟常見的怪物之外，也盡量回收鐵礦石並繼續趕路。先行組每到了分歧點都留下了顯眼的標記可以說幫了很大的忙。雖然只是拿在馬魯巴河採集到的灰崩岩碎片放在通往下一條樓梯的路上，但是顏色跟這個洞窟的岩石相比明顯較為明亮，所以就算只是簡單的標記也不會錯過。

五樓、六樓、七樓也順利突破，剛想著「差不多爬一半了吧……」的時候。

我的耳朵就捕捉到「鏘」的細微金屬聲，同時小黑也發出「咕嚕……」的低吼。聽覺敏銳的小黑有所反應，就表示並非我的錯覺。然後這座洞窟裡發生戰鬥的話，另一邊幾乎可以確定就是西莉卡他們了。

「戰鬥聲！」

壓低聲音這麼跟亞絲娜與莉茲貝特說完後，我就開始跑了起來。

一跳到下一個階梯，戰鬥聲也變得清晰。同時胸口掠過不祥的預感。如果是跟蠍子或者蜈蚣戰鬥，不可能連續傳出這麼多戰鬥聲。如果這是武器與武器、武器與防具的撞擊聲，那麼跟西莉卡他們戰鬥的就有也是人類——玩家的可能性。

全速衝上大樓三層樓高度，大約二十公尺的階梯，衝進八樓的我看到的是只有一半預測中的的光景。

大概有一座籃球場那麼大的空間，跟之前與自然洞窟沒有大太差異的樓層有著明顯不同的樣式。地板與天花板被削成完全的平面，左右的牆壁上並排著半圓形柱子。柱子與柱子之間的壁龕裡放了一個壺，裡面或許裝了油吧，可以看到令人毛骨悚然的藍白色火焰搖晃著。

廣場前方，背對著我們組成菱形隊形的絕對就是我的同伴們了。

但跟他們對峙的並非玩家。而是身高應該有三公尺，整個由岩石構成的巨人——也就是所謂的魔像。

伙伴們仍未注意到我們。我壓抑下想要大叫「各位！」的心情。在需要高度合作的隊形戰鬥當中隨便搭話的話，可能會擾亂他們的動作。潓亞絲娜與莉茲貝特，小黑以及阿蜥都在我身後停下腳步並且保持著沉默。

我按耐下焦燥的心情，試著要掌握戰況。

在隊形中負責前衛的是霍格、薩利翁、克萊因、莉法。持盾的霍格與獨角仙人薩利翁在中央防堵魔像的攻擊，克萊因與莉法則從左右輔助他們。

中衛是西莉卡、亞魯戈、弗利司柯爾以及有著纖細外形的昆蟲人類。那大概就是西西了吧。四個人看準魔像的空隙試著從左右兩邊發動攻擊，但只是爆出盛大的火花，攻擊感覺不到任何效果。

然後後衛是結衣與詩乃。作戰應該是結衣使用魔法，詩乃以毛瑟槍來給予敵人傷害，兩個人都依然舉著手與槍械。

我順利掌握狀況的同時，魔像就迸發出奇怪的咆哮。

「轟哦哦──────！」

將宛如從巨岩削出來的雙拳在胸前合體並且高高舉起。

「敲擊要過來了！」

克萊因這麼大叫，同時沉下腰部。直覺不論前衛的四個人再怎麼堅固，都無法擋下那記強攻擊的我差點就要大叫「快閃開！」。不過那四個人應該也理解這一點，所這次也忍了下來。

魔像像要吊人胃口般蓄力了兩秒以上，才用足以讓空氣晃動的速度將雙拳往下轟落。

前衛的四個人沒有被蓄力迷惑，在絕佳的時機下飛退。魔像的雙拳隨著轟然巨響打中地面，但並非只是揮空就結束了。產生的衝擊波呈扇形在地面擴散開來，絆住克萊因等人的腳讓他們腳步踉蹌。我確信那是在近距離下絕對無法避開的速度，但因為我距離魔像相當遙遠，所以看見衝擊波後還有時間跳起。

我在空中把愛劍舉到右肩上方。劍身發出尖銳振動音，綻放出淺綠色光芒。

跳過衝擊波著地的同時，我就發動劍技「音速衝擊」。以全力踢腿來增加系統輔助的推進力，一直線朝著八公尺前方，三公尺上方的魔像頭部一直線飛去。

魔像的手腳明顯像金屬一樣堅硬，那麼頭部又如何呢？

「哦……啦啊！」

加諸渾身力道的斬擊轟中魔像的眉間。根據作為其起源的猶太教傳說，額頭應該是它的弱點。

但是……

愛劍雖然擊中瞄準的位置，卻只造成「鏘————！」的刺耳金屬聲以及一瞬間烙印在視界的白色火花，然後就被輕鬆地彈回來了。雖然強烈的反動讓我無法維持姿勢，不過好不容易成功踢中魔像的肩膀，加上一個後空翻後落到地面。

「嗚哇！桐……桐字頭的老大嗎！」

面對在左後方叫喚的克萊因，我省略打招呼直接丟出一句話。

「抱歉，再幫我擋個十秒鐘！」

「嗯……嗯，交給我吧！」

以把許多想說的話吞回去般的表情這麼大叫完，克萊因就把彎刀擺在腰間。

我渾身的一擊雖然被彈開，但似乎多少造成一些暈眩效果，魔像現在停止動作了。這個時候克萊因就以特別訂做的長彎刀使出劍技「掠奪者」來痛擊魔像的腳脛。

「咕哦哦哦哦！」

雖然不是什麼弱點，但魔像還是以帶著怒氣的聲音發出吼叫，同時朝克萊因揮出左拳。這時候薩利翁則以厚厚的甲殼擋住這一擊。

看到這裡後，我就衝刺繞到魔像身後。

克萊因他們當然試過攻擊背部了吧。事實上，魔像背部就有好幾道直向與橫向的全新傷痕，但全都只是劃過表面，無法深及內部。

我瞪大雙眼，仔細望著魔像全身。

已經確認過前面沒有顯示弱點的標記了，那麼背後是不是有什麼呢……原本是這麼想，但是不要說文字、寶石還是紋章了，就連稍微的凸起或凹陷都找不到。

舊艾恩葛朗特第五層的樓層魔王，名為「空虛魔像・福斯古斯」的怪物，一開始時額頭就有成為弱點的紋章，同時還具備紋章將隨著戰鬥在身體各個部位移動的機關。雖然外表完全不同，但魔像就是魔像，我原本估計這傢伙的身體某處應該存在弱點，不過看來是大錯特錯了。

魔像再次將左右手合體並且舉了起來。

由於剛才讓它吃了一記攻擊，所以我的視界也出現了魔像的圓錐浮標。ＨＰ條共有兩條，專有名稱顯示著「Statue of Aur-Dah」，史達裘・歐弗……之後就不知道怎麼唸了。

魔像的ＨＰ幾乎是全滿，相對地前衛成員的ＨＰ已經減少到剩下七成左右。

克萊因他們這次往後跳躍來避開再次使出的轟落強攻擊，但果然還是無法避開衝擊波而腳步踉蹌。這時魔像想要趁機踢散他們。

「…………！」

它做出踢擊的準備動作時，感覺好像在整個往後拉的右腳腳底看到些什麼。

「轟哦！」

下一刻，魔像猛然伸出腳來。腳步不穩中的四名前衛無法迴避，只能試圖用盾與武器來格擋，但還是無法承受而被踢飛。中衛的四個人則幫忙擋住他們。

雖然隊形免於崩壞，但前衛又受了更多的傷，中央的薩利翁與霍格的ＨＰ已經不到五成。

這時有人影從後面衝出。

「喝啊啊啊啊啊！」

「嗚呀啊啊啊啊！」

白與橘兩種顏色的劍技光芒。細劍與鎚矛痛擊魔像的腹部，讓它往後退了幾公尺。

雖然這樣的攻擊也只能讓魔像的HP減少一丁點，不過倒是成功讓它站不穩腳步。

「薩利翁、霍格，後退進行回復！莉法與克莱因到我跟莉茲的旁邊來！」

在亞絲娜的指示下，成員們迅速開始行動。隊形重組的同時，魔像也從踉蹌狀態中恢復。

到此為止，我也不是光在旁邊觀看狀況而已。為了讓剛才的發現變成確信，我趴在地面拚命地凝眼看向腳底。

看來果然不是錯覺。但該如何——

把視線從開始移動的魔像身上移開，我環視著整座大廳。雖然小黑與阿蜥正在入口待機，但兩隻動物的爪子與牙齒應該完全對魔像起不了作用。另一側的牆上可以看見門扉，不過在打倒魔像前應該不會打開吧。

房間的左右兩邊全是柱子與牆壁。正確來說，打穿牆壁上部做成的壁龕裡可以看到點著火的油壺，那個要是破掉的話，整個流到地板的油就會燒起來，到時候將會變得無法戰鬥。

仔細一看之下，並非所有的壺都點了火。左右的牆壁上各有十個，總共二十個油壺裡面，似乎有五個沒有點火。這件事情有什麼意義嗎？把所有的壺點火的話魔像就會變弱？雖然是遊戲內常見的機關，但是在凡事講求因果關係的Unital ring世界，感覺這樣實在不太合理，而且以這種機關來說，需要點火的壺只有五個實在太少了。

——等等。

不對。需要的不是點火。重要的並非火焰而是壺中的油。

我從地板上跳起來後就大叫：

「亞絲娜，拜託再撐一分鐘！」

「了解！」

聽見乾脆的回答之後，我就朝隊形的最後尾叫道：

「詩乃，妳過來一下！」

回應我的呼喚，離開隊伍跑到廣場中央的詩乃，即使在這種狀況下依然咧嘴露出充滿自信的笑容。

「終於想到些什麼了嗎？」

「嗯，算是啦。詩乃，可以幫忙把壁龕內的壺裡面，沒有點火的五個全部用槍打碎嗎？」

「啥？嗯……要打碎的話當然是沒問題啦。」

即使露出疑惑的表情，詩乃還是架起毛瑟槍。

亞絲娜他們承受魔像的猛攻所發出的沉重衝擊聲與清脆槍聲重疊在一起。

詩乃以立射發射出去的子彈，漂亮地命中其中一個沒有點火的壺，把它打成了碎片。

立刻流出來的油，沿著牆壁流落在地板上擴散開來。詩乃以流暢的動作再次裝填火藥與子彈，接著射擊下一個壺。

僅僅花不到三十秒就把五個壺都打碎了。流出的油聚集在廣場中央，形成了直徑七公尺左右的水，不對，是油窪。

到這裡都按照我的劇本發展。再來就得看我的預測是否正確了。

「Nice shot，詩乃！」

慰勞高手之後，我就朝廣場後方丟出新的指示。

「小黑、阿蜥！對魔像的腳發動一次攻擊，之後回到我的位置來！」

以對寵物所做的指示來說算是最為複雜的類型，但兩隻動物猛然從待機位置開始衝刺，小黑對準魔像的右腳，阿蜥對準左腳以銳利鉤爪全力抓下，然後直接從旁邊跑過。

這次雖然也沒辦法讓魔像受到傷害，但成功讓它轉移目標，魔像發出像是憤怒的聲音並且轉過身子，然後開始追逐兩隻寵物。

我計算時機，繼續做出指示。

「小黑、阿蜥，跳起來！」

兩隻寵物柔軟地躍起，輕鬆越過烏亮的油窪，在我的左右兩邊落地。以手勢要牠們繼續退後，然後我也跟詩乃一起後退。

「轟哦哦哦哦！」

魔像從沒有打開的嘴裡迸發出破鐘般的咆哮聲，同時一直線朝這裡衝過來。只見它將巨軀往前傾斜，高高舉起雙手，靠過來準備把我們敲扁。

岩柱般的腳踏進油漥裡。

魔像完全不在意地上的油，前進了一步、兩步，到了第三步腳底就失去抓地力，以能讓巨軀一瞬間浮起的速度往前滑倒。

隨即造成足以讓整座大廳搖晃的衝擊。大量的油飛濺開來，從胸口猛烈撞上地面的魔像停止動作。似乎實在無法完全吸收由自身重量造成的龐大傷害，ＨＰ條出現能看得出來的減少。

但這不是我的目的。

由於魔像往前方撲倒，所以從我這邊看不見腳底。於是我大聲對在巨軀後面露出茫然表情的同伴們叫道：

「各位，魔像的腳底有沒有什麼東西？」

「——有喔！」

率先這麼大叫的，是持續在亞絲娜身邊舉著混種劍的莉法。

「右腳腳底嵌著一個圓形金屬板狀的東西！」

果然如此。趴在地上拚命窺看的魔像腳底，好像看見某種光線的反射果然不是我的錯覺。

「那裡就是這個傢伙的弱點！快點攻擊！」

做出這樣的指示後，注意到某件事的我又加了一句：

「但是別踩到油！滑倒的話就無法隨心所欲地行動喔！」

同伴們原本已經開始奔跑，聽見我這麼說的瞬間就一起緊急煞車。從油窪邊緣到倒地的魔像腳底有將近兩公尺的距離。劍就不用說了，連長槍都很難攻擊到對方。

「轟哦……」

發出低吼的魔像用右手撐住地面。站起來的話就得等它再次跌倒了。

糟糕，應該事先想好不踩到油就能攻擊弱點的手段……正當我咬緊牙根的時候。

銀色光線貫穿呆立現場的亞絲娜與莉法中間僅僅二十公分左右的空間。某個人從後面投擲了某種金屬製的物體。

從我的位置雖然看不見魔像的腳底，但聽見了一道「鏘！」的極尖銳金屬聲。同時魔像也以跟之前完全不同的聲調發出「咕哦！」的吼叫，巨軀產生強烈的震動。第一條HP也跟著減少了一成以上。

「弱點攻擊就交給我！不過吸引怪物就交給你們啦！」

邊叫邊跑出來的是罩著砂石色連帽斗篷的亞魯戈。左手一次夾著三根類似我在SAO使用過的飛針般纖細投擲武器。

「那傢伙是什麼時候準備了那種東西……」

忍不住這麼呢喃完，身邊的詩乃就表示：

「好像是出發前請莉茲製作的。」

「真好，我也……」

當我說到這裡時，魔像再次用右手撐住地面。一口氣抬起沾滿油的巨軀並站了起來。為了讓它再次跌倒，必須得先想辦法不讓魔像離開油窪。但那也不是件簡單的事。當我想著「該怎麼辦才好呢……」的時候。

「擁有飛行道具以外的所有人，總之先繞著油窪周圍朝逆時針方向跑吧！」

完成回復後回歸戰線的霍格舉起單手劍這麼大叫。他沒有停下腳步，直接靠近油窪，在靠近邊緣的地方專心跑了起來。

霍格之外，包含我在內的所有成員雖然一瞬間感到啞然，但亞絲娜與莉法立刻就追上霍格。除了亞魯戈與結衣之外的剩餘成員也加入行列。

「……你也過去啊。」

被詩乃這麼一說，我才終於回過神來。

「噢……嗯。弱點攻擊就交給妳了。」

留下這句話後，我就滑身進入薩利翁與弗利司柯爾之間。如果油漥的直徑是七公尺，那麼圓周大約是二十二公尺。十個人排在一起奔跑會相當擁擠，曲率也比歸還者學校的四百公尺賽道還要嚴苛。要在那裡高速奔跑比想像中更加困難，但我立刻就理解霍格的意圖了。

魔像不論以十個人中的哪一個人為目標，都會在油漥中央不停地旋轉。如果底下是普通的地面，即使是這樣終究還是會有攻擊飛過來吧，但目前是在滑不溜丟的油裡面。重心原本就很高的巨人，在加上旋轉動作的狀態下踏出腳步的話會怎麼樣呢。

「滋嚕」一聲，魔像的腳再次打滑，接著跌倒。

十個人立刻停下腳步，空出大量腳底朝向的空間。朝那個方向待機的遠距攻擊持有者——這次是詩乃便瞄準右腳掌的弱點射擊。

飛針的威力果然無法跟毛瑟槍相比，第一條ＨＰ減少了多達三成左右。看見這一幕的十個人再次開始跑了起來。

第三次的跌倒由亞魯戈的飛針命中目標，第四次再度是詩乃。然後魔像第五次跌倒時，待在腳底所朝方向的是結衣。

我還以為她會用擅長的火魔法來攻擊，結果結衣手上拿著意料之外的武器。那是一把全長五十公分左右的小型弓。

來不及感到驚愕，弦就發出「嗶！」一聲。發射出去的箭像被嵌在魔像腳底的金屬板吸過去般命中中央部位。

這一擊讓第一條ＨＰ消滅了。

如果是艾恩葛朗特的樓層魔王，進入第二條ＨＰ時行動模式將會改變，剛才聽莉茲所說，守護這個階梯洞窟的蜜蜂魔王——「Gilnaris Queen Hornet」似乎也是這樣。

但魔像到了第二條ＨＰ依然只是反覆旋轉與跌倒。說不定沒有追加新的攻擊手段，也說不定是被霍格的繞圈圈作戰完全封鎖住了。第二條ＨＰ也在詩乃的槍、亞魯戈的飛針以及結衣的弓箭攻擊下確實地減少——

我來到大廳大約十五分鐘後，嵌在魔像右腳腳底的金屬板就像玻璃般裂成了碎片。

完全失去ＨＰ的魔像——正式名稱「史達袞・歐弗・什麼的」，發出最後一聲「轟哦哦哦哦哦哦哦……」的低吼後完全停止動作。接著所有關節部位開始分離，變成大量岩塊滾落到地面。

面對突然到訪的寂靜，最先打破這種局面的竟是虎甲蟲型昆蟲人西西。

「We made it!（成功了） Wooooo-Hoooooo!」

他舉起細長的雙手這麼大叫，並且用力拍打霍格的背部。他之後又用極快的速度說出一大串英文，看來似乎相當滿意繞圈圈作戰。

接著克萊因與弗利司柯爾也握拳大喊「太棒啦！」，詩乃、莉法與西莉卡也笑著擊掌。

雖然想詢問霍格為什麼是逆時鐘方向，不過這種事之後再問就可以了。我穿越正感到高興的眾伙伴，急忙前往結衣身邊。結果在半途被亞絲娜追了過去。

「結衣！」

亞絲娜用雙手把右手依然拿著弓的結衣抱起來。

「太厲害了！妳是什麼時候學會用弓的？」

聽見這個問題後，結衣就發出「嘿嘿嘿」的靦腆笑聲然後回答：

「這是在Gilnaris Hornet巢穴裡的戰利品。分配的時候，我表示想要而請大家讓給我。」

「咦……那不就幾個小時前才剛得到？這樣就能用得那麼順手嗎？」

在發出驚訝聲音的亞絲娜旁邊，我也茫然張大了嘴巴。結果結衣不知道為什麼有些伏下視線，然後才以只有我們聽得見的音量表示：

「試射了幾次就知道了，我使用弓的時候，只要立足點穩定，而且有足夠的時間計算彈道的話，除了突發性的強風等外部干擾之外就不會偏離目標。」

「…………」

我再次說不出話來。

我記得應該是在圓木屋掉落到這個世界的隔天，我看到結衣找了愛麗絲練習劍技。那時候就覺得她相當有天分，不過動作上還是有點僵硬。但是明顯比劍更加困難的弓，卻只要試射幾次就能變得這麼厲害嗎？

或許是察覺到我的疑問了吧，結衣接著這麼說道：

「揮劍的動作需要讓虛擬角色全身精密地互相配合，那就連我都無法輕易完成最佳化。但弓的話，虛擬角色的大部分都是固定，發射時只要放開手指就可以了，因此可以把所有能力拿來計算彈道。」

我忍不住在內心呢喃「是那麼簡單的事情嗎～～～」。

關於弓道我完全是門外漢，不過還是知道有「射法八節」，從站立到發射應該都需要各種精密的動作。但是仔細一想就發現那是現實世界的事情，虛擬世界的弓或許只要角色像石像般固定，命中率就會上升吧。

Full-dive Conformation，也就是統計單腳站立能撐幾秒鐘這種簡易方法來測定是否適合完全潛行機器。由腦部輸出的訊號強度與準確度如果不足，虛擬角色原本就無法安定，即使一開始能順利以單腳站立，也會慢慢因為平衡感與重力感跟現實世界出現微妙的差異而無法保持平衡，大部分的人在二三十秒左右另一隻腳就會著地。

但身為ＡＩ的結衣不存在訊號紊亂與感覺的差異。用單腳站立的話大概能永遠持續下去，因此根據同樣的理由，她可以輕易地完全固定虛擬角色。

剛才結衣之所以伏下視線，是因為覺得這個能力是作弊吧。聽見剛才的內容，或許真的會有玩家做出這樣的批評。但結衣並非自願成為Unital ring的玩家。在非自願的情況下被捲入的世界裡，發揮所擁有的全部能力絕對沒有什麼應該被批評的地方。

我帶著這樣的想法，撫摸著結衣的頭。

「結衣謝謝妳，都是靠妳使用弓才能打倒剛才的魔像。如果以火魔法攻擊的話，要是地板的油點著了火，就會連我們都被燒到。今後也要用那把弓幫助大家喔。」

「……好的！」

不知道什麼時候聚集在周圍的同伴們，全都對笑著點頭的結衣拍起手來。

等拍完手之後，莉茲貝特就來到我身邊，不知道為什麼把十字鍬遞過來。

「來，這給你。」

「……說什麼來，把這個給我做什麼？」

「那還用說嗎，敲碎魔像的殘骸並且回收啊。一定可以採集到高級礦石！其他人要是有十字鍬的話也要幫忙喔！」

結果亞絲娜也放下結衣並且打開視窗，接著將大量的素燒瓶實體化。

「沒有十字鍬的人可以幫忙回收地板上的油嗎！」

——兩個人都比我還要適應這個世界耶。

這麼想著的我扛起十字鍬，朝著滾落著魔像殘骸的地點走去。

6

愛麗絲吃完烤點心的同時，七點半的鐘聲響起。

耶歐萊茵在短短十分鐘前從大浴場回來後，將屬於自己的料理吃完七成左右，接著因為無法吃完而向艾莉道歉。由於在來到中央聖堂前的餐廳裡也沒有吃太多東西，可能原本食量就不大吧。

那個時候因為隔了許久才又嚐到懷念的聖托利亞風味料理而稍微吃得太多了，而且身上只有一枚銅幣，所以只能由耶歐萊茵負擔全部的餐費，當時真的覺得很不好意思。

今後也要繼續在這個世界活動的話，就希望能先持有一些金錢，但仍想不到該如何入手才好。總不能像生活在盧利特村時那樣，拿金木樨之劍來伐木賺錢吧。

在想不出辦法的情況中，下意識裡動著的右手觸碰到著裝在腰帶上的皮革腰包。

再次來到地底世界後就一直不離身的這個腰包裡，裝了兩顆拳頭大的蛋。那是異界戰爭時，桐人以心念的力量把愛麗絲差點殞命的愛龍「雨緣」以及牠的兄長「瀧刳」倒轉到出生前的狀態。

愛麗絲回到這個世界的理由有二。其中之一是為了與妹妹賽魯卡再次相見，而這個願望已經實現了。

另一個理由就是讓這兩顆蛋孵化，並且養育牠們到原來的模樣。這件事其實相當困難。蛋只要在適切的環境下加溫的話應該就能孵化，但是要養育比想像中更加脆弱的雛龍則需要一直陪伴在身邊照顧。由於現在的愛麗絲沒辦法持續待在這個世界好幾個月，所以必須託付給某個具備知識、技術與愛情的人才行。

想到這裡的瞬間，至今為止一直避開直視的現實就阻擋在眼前，讓愛麗絲靜靜地咬緊嘴唇。

好不容易，真的好不容易才能再次見到賽魯卡，卻沒辦法跟她一起生活。能夠像現在這樣一起用餐，也只是因為神代博士延遲了預定是五點的登出，不知道什麼時候會斷線，而且也無法抱怨。

「愛麗絲姊姊，怎麼了嗎？」

被叫到名字後，愛麗絲就抬起低下的頭。

「沒有……沒什麼。賽魯卡，怎麼不多吃一點？」

雖然把還盛著奶油蛋糕的大盤子拉過來，但妹妹只是苦笑著搖了搖頭。

「我很飽了！羅妮耶妳們呢？」

一問之下，羅妮耶也笑著回答：

「我也吃不下了。緹潔妳呢？」

「…………」

由於聽不見答案，愛麗絲就把視線移了過去。

緹潔紅葉色的眼睛盪漾著某種迷茫的光線，注視著自己的左斜前方。該處雖然放著裝有烤甜點的大盤子，但她看的應該不是那個。應該是坐在盤子後面，喝著咖啡爾茶的面具男——機士團長耶歐萊茵．哈連茲。

賽魯卡與羅妮耶認為，緹潔表面上接受了耶歐萊茵只是長得像尤吉歐的另一個人，但內心對於這種說明應該還是半信半疑吧。

能夠理解她的心情。愛麗絲雖然與尤吉歐面對面談話的次數可以用兩隻手數得出來，但在北聖托利亞郊外的宅邸初次與耶歐萊茵見面時，還是驚訝到差點就叫出聲音來。

這樣的話，也難怪在修劍學院擔任尤吉歐隨侍劍士的緹潔會陷入心不在焉的狀態了。不對，賽魯卡與羅妮耶大概也是為了緹潔而刻意裝出普通的模樣，其實內心現在也還是充滿疑問吧。

然後耶歐萊茵本人似乎也沉浸在某種沉思之中。其實他會這樣說起來也是理所當然的事，因為一直不過是假說的反抗勢力，現在以再確實也不過的形式來表明其存在了。

這時艾莉沉穩的聲音打破了不知何時降臨的沉默。

「各位都吃飽了嗎？」

「啊……嗯，謝謝妳，艾莉小姐，不對，是艾莉。真的很美味，多謝款待。」

愛麗絲道謝之後，賽魯卡、羅妮耶以及回過神來的緹潔與耶歐萊茵也異口同聲地說出多謝招待。

收拾完餐桌，耶歐萊茵、絲緹卡與羅蘭涅等三個人就回基地去了。少女機士們雖然吵著要住在中央聖堂，但兩人的直屬長官所交付的「終日外出許可證」的有效期限只到宇宙軍基地關門時間的晚上九點，聽說只要遲到一分鐘就會受到懲戒審查。

即使如此，羅蘭涅還是不放棄地表示全軍總司令官兼整合機士團長的話應該能延長有效期限，但耶歐萊茵卻沒有同意。他自身雖然處於幾乎不受任何規則束縛的立場，要是不聯絡就擅自外宿好像還是會遭到副官的斥責。

在旁邊聽著機士們的對話，愛麗絲就想起過去的騎士長貝爾庫利以及副騎士長法那提歐。自由奔放的貝爾庫利確實經常遭到法那提歐的責罵。雖然對兩個人之間有了孩子一事感到驚訝，但那個孩子隔了許多代的子孫是現在星界統一會議的議長，而耶歐萊茵還是他的養子，只能說人的緣分真是太不可思議了。

由於最後絲緹卡與羅蘭涅還是放棄在中央聖堂住宿的念頭，所以所有人就先下到第八十層。連接升降洞的大門在成為鑰匙的四把劍從開鎖裝置拔出的瞬間就跟原來一樣關了起來，不過門的右側牆上隱藏著把手，艾莉拉動把手後門再次打開了。

當搭乘升降機的兩名機士與機士團長的身影消失，愛麗絲她們就再次關上大門，然後回到第九十五層。

異界戰爭之後，以前只能從五十層到八十層的升降洞，似乎就隨著自動化而能從第一層往來於第九十層。但是伴隨高層塔的封印，目前再次只能到第八十層——而且要到第八十層還必須用心念力按壓隱藏按鍵。

因此就只能不斷在通往雲上庭園到大浴場，再到曉星望樓的大階梯上來回行走，不過愛麗絲其實從公理教會時代就不討厭這樣的過程。因為感覺在一階一階緊踏著鋪著紅色地毯的階梯時，雜念也會跟著消失，而且也能實際感受到中央聖堂的雄壯。

雖然白色大理石巨塔代表的最高司祭亞多米尼史特蕾達的神性、絕對正確性全都是虛構，即使如此愛麗絲還是無法討厭這座高塔。現在想起來，成為星王的桐人應該可以移除中央聖堂，但他卻依然以此地作為人界統一會議的本部，以及之後自己與亞絲娜的隱居地。這其中到底有什麼樣的原因呢……

想著各種事情並且從階梯往上爬，不知不覺間就來到第九十五層。

愛麗絲抬頭看向並排在外圍的植樹後面那片清澈星空，突然歪著頭詢問：

「艾莉，現在是十二月吧？這一層明明沒有牆壁，為什麼不會冷呢？」

愛麗絲一這麼問，艾莉就把視線朝向腳邊回答：

「植樹幫忙擋住了風，還有埋在地板的管線從第九十四層的冷溫機供給了溫水。」

「冷溫機……」

似乎在哪裡聽過這個名詞，愛麗絲歪起脖子後就想起來了。在聖托利亞的阿拉貝魯家，羅蘭涅的弟弟費魯西告訴自己使用冷溫機的暖氣機制。

近期還得再次到阿拉貝魯家，想辦法找出費魯西無法發動祕奧義的原因才行……愛麗絲這麼想著，同時蹲下來觸摸大理石地板。結果確實能感覺到慢慢傳遞過來的熱量。站起來後再次對艾莉發問。

「以前沒有這種構造吧？」

「是的。這是由星王妃設置。她稱這是『地暖氣』。」

「這樣啊。是亞絲娜幹的好事嗎？」

愛麗絲忍不住發出輕笑，然後再次環視現場。

在稍遠的地方，賽魯卡、緹潔以及再次抱著納茲的羅妮耶正排在一起抬頭看著星空。在三人視線前方靜靜閃爍著的橙色光芒，是從聖托利亞飛向某處的大型機龍所噴射出的火焰嗎？

羅妮耶與緹潔雖然對桐人做出「復任為騎士」的宣言，但目前桐人只有在現實世界的星期六日才會到這個世界來。既然像這樣從石化凍結狀態中醒過來，她們也必須繼續過生活才行，但官方的身分該怎麼辦呢？難道要到阿拉貝魯家與休特里涅家，然後自稱是他們的祖先嗎？然後賽魯卡也是同樣的狀況。

將三個人凍結時，桐人，不對，是星王確實考慮過這部分的事情了嗎……當愛麗絲皺起眉頭的時候。

艾莉不知道為什麼深呼吸了一下，然後以毅然的聲音說：

「各位，接下來我將要完成身為封印階層的守護者最後的任務。」

聽見她說話的緹潔等人全都轉過頭來。

「最後的任務……？艾莉，那是什麼意思？」

艾莉靜靜地回答賽魯卡的提問。

「就是讓各位做選擇。」

艾莉引導愛麗絲她們來到「曉星望樓」的東北角。

乍看之下是空無一物的地點，但按下隱藏在附近圓柱的按鍵之後，就從高高的天花板降下螺旋階梯來連結地板。

現在想起來，兩百年前這座階梯是在樓層的北側，不過現在那個地方被澤法十三型伸出的機翼占據了。要移動階梯是沒關係，但為什麼要改成近似隱藏階梯的構造呢？而且也不清楚艾莉口中的「選擇」究竟是什麼意思。

在抱持著各種疑問的情況下，愛麗絲跟著艾莉爬上旋轉階梯。

九十五層的上面是第九十六層。過去就連上級整合騎士都必須獲得許可才能踏入這個區域。到底有些什麼呢……這樣的疑問幾乎是在靴子底部踏進上層地板的同時獲得了解答。

存在於第九十六層的是「元老院」。當初是把天命遭到凍結，感情與思考被奪走的人們放進設置在牆壁上的無數箱子裡，作為活體監視裝置來搜索人界全土的禁忌目錄違反者。

感覺聽見喊著「System call……」的沙啞聲音，愛麗絲的身體跟著震動了一下。雖然拚命瞪大忍不住要閉上的雙眼，但被黑暗包圍的樓層還是什麼都看不見。

呆立現場的愛麗絲，前方不遠處傳出細微的「喀嘰」一聲。

下一刻，很高的地方亮起微弱的光芒，照亮了周圍的空間。

構造跟兩百年前的元老院完全不同。幅度應該有十公尺的寬敞通道筆直地延伸，左右並排著一些像是倉庫的區塊。天花板顯得特別高，簡直就像是第三十層的飛龍起降場。在階梯的出口稍微往前一點的地方設置了像是操縱盤的石柱，艾莉就站在它的旁邊。

「姊姊，往前走啊。」

背部突然被戳了一下，愛麗絲急忙往前走了幾步。爬上樓梯的賽魯卡，轉動頭部環視了一下周圍。

「……原來如此，把這裡改裝成那些孩子的寢室了嗎？」

她說完愛麗絲聽不懂是什麼意思的話之後，就率先往前走去。接著羅妮耶與緹潔也現身，一瞬間瞪大眼睛後就追上賽魯卡。

愛麗絲也往深處前進，然後窺看右側前方的區塊。

「……啊！」

下一刻，她忍不住輕叫了出來。

不是像飛龍起降場，而是根本就是。在有一間小屋大小的區塊裡，捲起巨大身軀沉睡著的是一頭飛龍。但全身原本應該有金屬光澤的鱗片都像石頭一樣失去亮光，只呈現暗沉的顏色。

難道不是在沉睡而是遺骸嗎——才剛這麼想就注意到。這隻飛龍跟覺醒前的賽魯卡她們一樣受到石化凍結了。

回過頭去後，另一側的區塊也有飛龍沉睡著。一個區塊大約是六梅爾寬，然後通道的長度大約五十梅爾，一邊有八個區塊，合計十六個區塊。它們全都收容了沉睡的飛龍嗎……

「月驅！」

「霜咲！」

突然兩道聲音重疊在一起，愛麗絲就看向通道前方。結果看見緹潔與羅妮耶衝向中間左右的區塊。

急忙跑到那個地方並且往該處窺探。兩個相鄰的區塊裡，左側的緹潔，右側的羅妮耶各自抱住石化的飛龍脖子。

「……這兩個孩子是她們的騎龍嗎？」

小聲詢問待在前方的賽魯卡，結果妹妹就輕輕點頭。

「嗯。左邊的孩子是緹潔的霜咲，右邊的孩子是羅妮耶的月驅喔。」

「這樣啊……」

今天早上注意到飛龍廄舍從中央聖堂的用地裡消失的愛麗絲，曾對耶歐萊茵提出「飛龍們怎麼了」的問題。結果耶歐萊茵回答「聽說整合騎士團被封印的同一時期，在中央聖堂飼育的飛龍也半數回到威斯達拉斯的棲息地，半數則跟騎士們一起被封印起來」。

這個時候還不了解封印這兩個字的意思，結果原來是指石化凍結狀態。這樣的話，應該可以跟賽魯卡她們一樣，以術式讓其覺醒。

當愛麗絲想到這裡就猛然吸了一口氣。

耶歐萊茵說了，整合騎士團也跟飛龍們一樣接受了封印。

這樣的話，也就是說……

「緹潔大人、羅妮耶大人……」

艾莉以沉穩的聲音呼喚著騎士們。

「我們要到上面的樓層去了，兩位要一起嗎？」

結果依然讓納茲坐在肩膀上的羅妮耶稍微回過頭來，以沙啞的聲音回答：

「我們要在這裡再待一下。馬上就會追上去了。」

「遵命。」

點頭的艾莉看向愛麗絲。

「那我們走吧，愛麗絲大人、賽魯卡大人。」

行了個禮後就轉身往通道深處走去。愛麗絲與賽魯卡交換了一個眼神後也追了上去。

通道盡頭是跟飛龍起降場同樣的上抬式大門，其旁邊還有一扇人類高度的門。跟著艾莉走入門內就再次看見延伸的階梯。

愛麗絲持續爬著足有中央聖堂三層分量的階梯，同時回溯以前來到這個地點時的記憶。

過去的元老院確實是從九十六層一直到九十八層。但地板面積沒有那麼寬敞，這個樓梯間附近剛好隱藏了元老長裘迪魯金的房間，從該處爬上像這樣細長的樓梯後就是第九十九層——

那是被施加「合成祕儀」的愛麗絲，在沒有任何記憶的狀態下醒過來的地點。

也是同樣遭受「合成祕儀」成為整合騎士的尤吉歐跟桐人戰鬥的地點。

艾莉打開位於樓梯盡頭的門，消失在後面。

愛麗絲一瞬間猶豫了一下後才穿過那扇門。這一層也籠罩在黑暗之中，連一梅爾前方都看不見。

突然啪地出現白色光芒。艾莉在無詠唱的情況下生成了幾個光素。飄盪在空中的光照耀著周圍。

跟記憶一模一樣的純白大廳。

形狀是正圓形，直徑大約三十梅爾。地板與天花板都是磨亮的白色大理石，看不見任何家具類物品。到目前為止都跟過去見到的一樣，不過還是有兩百年前不存在的東西。

弧形的牆邊以六梅爾左右的間隔整齊地排列著十六尊石像。

愛麗絲好不容易才動著似乎快打結的腳，站到一尊石像前面。

略呈波浪狀的長髮。外觀跟愛麗絲放在宅邸的鎧甲相當類似的全身鎧。閉著眼睛的臉龐，即使變成石頭也美麗到令人看到入迷。

再往前靠近一步後，愛麗絲就以幾乎不成聲的聲音呼喚著那個名字。

「……………法那提歐小姐……………」

7

幸好樓梯迷宮的出口前面沒有第二隻魔王了。

包含與魔像的戰鬥在內，我們花了大約一個小時爬上高低差達兩百公尺的地底之塔，穿越半塌的大門來到外面。

帶著溼氣的夜風撫摸我的臉頰。抬頭往上一看，漆黑的空中宛如鐮刀般的上弦月正發出皎白光輝。

接著環視起周圍。雖然只靠火把的光芒無法看到遠處，不過可以知道附近是高低起伏不大的草原。後續的聯合部隊成員不斷出現的階梯是被像是遺跡的石造涼亭蓋住，有點讓人想起舊艾恩葛朗特的往返階梯。

「好，在這裡稍微休息十分鐘！要下線去上廁所的人就快點去！」

在聯合部隊隊長霍格的指示下，幾個人呈現跪姿並且打開環形視窗。按下登出鍵的瞬間，虛擬角色就頹然失去力量。原本認為應該習慣Unital ring即使登出角色也不會消失的模式了，但看見伙伴們這種過於無力的模樣還是會感到不安。

應該不是察覺到我內心這樣的想法才對，不過朝我這邊走來的克萊因，像是要確認什麼般以右腳重重踩著地面說道：

「桐字頭的老大，這裡真的是Unital ring世界的第二層嗎？」

「問我也沒用啊……」

「是沒錯啦，但總覺得沒什麼真實感……應該要有練功區的景色為之一變，或者是可愛女孩子ＮＰＣ對我們說恭喜之類的啊……」

「…………」

艾基爾在的話我就會把他拉過來，然後讓他以魅惑的男中音說「Congratulations！」，但今天晚上Dicey Café有包店舉行派對的預約，所以他跟太太海咪都沒有參加攻略。

稍微思考了一下後，我就說了句「過來一下」並拉著克萊因的手前往涼亭後面。

在草原上前進了不到二十公尺，前方就出現一片我所預料的光景——不對，應該說是絕景。

地面簡直就像被神明的小刀切斷般唐突地消失了。

藍白色月光照耀之下，眼睛下方是一望無際的森林與平原。

「唔哦……太～～～猛啦……」

由於發出感嘆聲的克萊因試圖要靠近斷崖絕壁的邊緣，我便急忙抓住他頭巾的尾端。

「喂，掉下去絕對會死喔。」

「我知道啦。不過……真的太猛了……」

「這樣你應該能接受我們來到第二層了吧。」

嘴裡這麼說的我，同時也入迷地看著絕景。

從垂直陡峭的懸崖正下方，以恐怕有數百平方公里規模往南延伸的是這六天來我們冒險的主舞台——賽魯耶提利歐大森林。其中綻放出溫暖橘光的一角，就是我們的拉斯納利歐吧。繼續將視線往遠方移動，就看到反射月光後閃閃發亮的馬魯巴河。在其遙遠的下游發出微弱光芒的應該是ＡＬＯ玩家作為起始地點的斯提斯遺跡吧。然後遺跡前方，聳立在略往東側的漆黑銳利剪影，絕對就是墜落的艾恩葛朗特了。

由於原本的高度就相當高，所以就算下方四分之一已經壓扁，目前計算起來到最上方應該也還有七千公尺以上。即使從遙遠的第二層也得抬頭往上看的巨大城堡，目前沒有任何燈光。

遠征斯提斯遺跡時跟我同行的愛麗絲，擔心著在那座城堡裡生活的ＮＰＣ們不知道怎麼樣了。由於確實很令人在意，我便想要找時間過去調查看看，但回過神來時已經過了四天。

等第二層的探索告一段落，接下來就前往艾恩葛朗特……當我在腦袋裡寫下這個行程的時候。

「好，會議要開始嘍！」

聽見霍格如此宣布的聲音，於是我便把臉的角度移回來。最後再次看了一下拉斯納利歐的光芒，接著後退兩步轉過身子。

「那就再努力一下吧。」

面對大大伸了個懶腰的克萊因，我以埼玉腔回答了「走唄」後，我們就小跑步跑回同伴的身邊。

根據在Unital ring也以情報販子的身分發揮三頭六臂之力的亞魯戈，以及姆塔席娜軍的密探所說，第二層大致上可以分為四個區域。

西側與東側是森林地帶，北側是冰雪地帶。然後我們所在的南側是草原地帶。

每個區域都有幾個小規模的聚落，然後至少有一個中規模的城鎮。聚落與城鎮裡有NPC存在，能夠將其變成據點的話，就能成為前往「極光指示之地」貴重的中繼點，但目前所有的NPC態度都相當不友善，好像稍微靠近聚落就會發動攻擊。

亞魯戈說明到這裡的時候，莉法就舉手說著「我有問題！」。

「但是比我們還早來到這裡的，就只有飛鳥帝國與世界終焉之日等兩個勢力吧？只是他們第一次接觸失敗，並非所有NPC都打從一開始就是敵對的態度……也有這種可能性吧？」

「當然有喲。」

這麼回答完，亞魯戈就撿起掉落在附近的枯枝，接著在地面畫出Unital ring世界的模式圖。

「以世界地圖來看，我們的所在是草原地帶，而飛鳥組是在相反方向，也就是北部的冰雪地帶進行遊戲，終焉組則是在西部的森林地帶。飛鳥組是地圖的盡頭，終焉組的據點也離好幾百公里遠，所以很難在遊戲內直接接觸。剛才的內容是經由現實世界取得的第二手與第三手情報……老實說，準確度並不高。」

亞魯戈聳了聳肩後，弗利司柯爾就取代她繼續說道：

「關於飛鳥與終焉，我的情報也差不多，不過有件事很令人在意……最近斯提斯遺跡似乎出現不少身穿ALO初期裝備，對著初期成員們問東問西的生面孔玩家。」

「……這件事情跟飛鳥和終焉有什麼關聯？」

面對如此詢問的詩乃，弗利司柯爾以誇張的動作攤開雙手。

「這只是我毫無根據的想像，不過那些傢伙會不會是飛鳥組或者終焉組的間諜呢？」

「間諜……？」

突然出現的可疑單字，讓包含聽著亞絲娜口譯的薩利翁與西西等所有人面面相覷。

腦袋裡雖然想著「怎麼可能」，但就系統上來說並非辦不到。

目前ALO的營運公司雖然不開放創設新的帳號，但是只要伺服器仍在運作就不能拒絕符合The seed連結體規則的角色轉移。也就是說，飛鳥帝國或者世界終焉之日的玩家將事件前製作並且丟著不管的其他帳號虛擬角色轉移到ALO的話，就可以從數百公里的遠方將間諜送進斯提斯遺跡。

但領先勢力會不惜利用這種手段來探查ALO組的內情嗎？一旦轉移之後，那個角色就只能用來收集情報了。

就像感覺到我的疑問一般，弗利司柯爾看著這邊咧嘴笑著說：

「看來桐人先生太小看自己的陣營了，我想飛鳥組與終焉組都相當警戒ALO組，或許應該說桐人小隊喲。作為中繼點的拉斯納利歐當然也同樣令人在意，因為怎麼說隊長都是那個知名的桐人先生啊。」

「……話先說在前面，我不是什麼『知名人物』，然後也不記得曾把這支聯合部隊取名為桐人小隊。」

先做出這樣的宣言後，詩乃不知道為什麼以若無其事的表情回了一句：

「現在才這麼說太遲了。無論如何都想用其他名字的話，現在就在這裡提出替代的方案吧。」

「…………」

自覺對於這方面的命名極度不拿手的我，只能發出「咕唔唔唔」的沉吟聲。下一個瞬間，其他成員全都噗哧一聲笑了出來。

三分鐘後。

發現NPC聚落的話就不靠近只先觀察，如受到先發制人的攻擊則不反擊直接撤退——定下這個方針的我們在回復TP、SP後就再次開始移動。

順著從涼亭延伸出去的隱約可辨的小徑往北方前進。時間剛好是二十二點，平常的話接下來才是全力投入遊戲的時間帶，但今天早上四點就起床移動到RATH六本木分部，然後在Underworld經歷了一場大冒險，所以還是感到有些疲憊。

但相同條件的亞絲娜仍然努力著，而且託菊岡開車送我回家的福，在車上小睡了三十分鐘左右，所以便對自己說「我還能繼續下去！」並持續走著。

出現在夜晚草原的雖然幾乎都是像鬣狗的肉食動物、像瞪羚般的草食動物，或者特別靈敏的陸龜等動物系怪物，但不愧是生活在第二層，明顯比賽魯耶提利歐大森林的怪物強多了。

話雖如此，我也們不是單純只會興建城鎮。我跟詩乃的等級已經超過20，莉法與西莉卡她們從18升為19級，稍微落後的亞絲娜與亞魯戈、克萊因也達到16、17級了。可靠的攻擊手愛麗絲不在雖然有點辛苦，即使如此還是未曾陷入困境就持續擊退怪物，開始移動三十分鐘就先到達草原中斷的地方。

緩緩往下的道路前方有一條寬二十公尺以上的河流從東北往西南方向延伸，對岸可以看到一些像是建築物的影子。該處沒有任何光源，屋頂與牆壁也有一半以上像是崩塌了，看來不是人類的聚落而是廢墟。

當然並非絕對是這樣，沒有居民的話該處很可能已經成為怪物的棲息地，所以不能放鬆警戒，不過就算要偵查也得渡過眼前的河流。

首先由亞魯戈與弗利司柯爾先出發，確認沙裡與水裡沒有危險之後，所有人才一起下到河岸。小黑把鼻尖插進河面開始喝起水，阿蜥甚至跳進河裡痛快地游起泳來，之所以能這麼做，全是因為水相當深的緣故。

仔細一看之下，我們走過來的道路在遭遇到河川的部分似乎殘留著橋梁般物體。過去雖然架著雄偉的橋，但就跟對岸的廢墟一樣，許久之前就遭到破壞了吧。不清楚是自然災害還是人為所致就是了。

「我們要游泳渡過這條河似乎會很危險。」

注視著阿蜥游泳模樣的亞絲娜來到我的身邊這麼說道。

「是啊，看來是沒有水棲怪物，但中央附近深度應該有兩公尺以上，流速也相當快……」

「如此一來，不是架橋就是造船了吧？」

「橋所需要的資源很多，可以的話還是想靠船來渡河，但想造船就需要『製材過的圓木』。這邊附近沒有高大的樹木啊。」

我邊說邊環視周圍。說是草原地帶，也不是完全沒有樹木生長，不過大部分都是低矮的灌木，目前仍看不見任何所謂的天然巨樹。心想跟愛麗絲前往斯提斯遺跡時製作的「劣質大型圓木舟」沒有放進道具欄嗎而準備打開環形視窗時，又想起因為太重而無法收納，所以繫在馬魯巴河河岸邊的事實。

草原地帶雖然容易行走而且水與食物也不會太難入手，不過卻有難以獲得木材與石材的缺點。Unital ring裡不論要建造什麼都需要木頭與石頭，所以想在這個區域建造拉斯納利歐規模的據點會相當辛苦。

關於這個部分，在森林地帶進行遊戲的世界終焉之日組應該比較有利吧。據說飛鳥帝國正在攻略的是冰雪地帶，不知道究竟是什麼樣的冰天雪地？

當我思索各種事情，就聽見從後面傳來兩人份靠近的腳步聲，於是我跟亞絲娜同時回過頭去。

「那個，可以打擾一下嗎？」

如此對我們搭話的是霍格，旁邊還能看到弗利司柯爾的身影。兩人的視線不是看向我而是放在亞絲娜身上。

「怎麼了？」

亞絲娜一這麼問，霍格就像覺得很不好意思般說道：

「當然也要能辦得到啦……不過可不可以請亞絲娜小姐的寵物幫助我們渡河呢？不論是架

橋還是造船，素材似乎都嚴重不足。」

「你說幫忙……啊，是一個一個坐在阿蜥背上渡河嗎？」

「正是如此。」

這次換成弗利司柯爾開口。

「這邊附近樹木很少，現在開始收集造橋與船的素材的話應該要花一個小時以上。那隻小蜥蜴看起來很會游泳，只坐一個人的話應該還游得動吧。」

「說得也是……」

亞絲娜改變身體的方向，看著在清澈的水裡暢快游泳的阿蜥。那種模樣不像是蜥蜴，比較像一隻巨大的水鳥，看起來要揹一個人過河確實不是什麼難事。問題是發生事故時，被沖走的不是阿蜥而是坐在背上的玩家。這條河川的下游某處應該是瀑布，一直往下流到兩百公尺下方的第一層，在那之前沒有爬上岸的話絕對會死亡。

可以的話很想先在其他的水源地試個一次看看，但沒有那種時間了。那至少得準備作為安全裝置的東西才行……才剛這麼想的時候。

「那就由我來測試吧！」

從霍格他們背後靈巧跳出的結衣舉起右手做出這樣的宣言。

「咦咦！不……」

亞絲娜在半途就把話吞了回去。她應該是想說「不行」，但又轉念覺得不能打從一開始就加以否定吧。

老實說我也不贊成。但要找試乘員的話，體重最輕的結衣最適合也是事實。就算是這樣，還是希望能有安全裝置。在艾恩葛朗特第四層與亞絲娜到河裡游泳時使用了泳圈，但現在光靠那個仍稱不上絕對安全。就算泳圈能夠防止溺斃，最後從瀑布上掉下去的話還是難逃一死。

亞絲娜應該也在擔心同樣的事情，但像是下定決心般打開環形視窗，將一綑細長的繩子實體化。那並非至今為止相當活躍的「天根草的劣質細繩」，而是由看起來極為高級且帶有光澤的純白纖維所製成。

「那是？」

「尼帝先生吐的絲所編成的喔。」

這樣的回答讓我一瞬間說不出話來。尼帝是跟薩利翁一起來到拉斯納利歐的昆蟲國度組的昆蟲人，他是以名為飾蟋螽的蚱蜢類作為原型，能夠從嘴裡吐出強韌的絲。把原本是姆塔席娜軍密探的弗利司柯爾層層捆住後抓過來的就是尼帝，由他的絲揉製成的繩索，強度應該無庸置疑吧。

亞絲娜先讓結衣把所有的武器防具收納到道具欄裡，然後用繩子從洋裝上綁了一個牢靠的稱人結。

「結衣，如果掉到水裡也不用慌張。我們絕對會把妳拉回到岸邊。」

「好的，媽媽！」

結衣點完頭後，就叫阿蜥過來水邊蹲下。我抱起結衣，讓她坐到阿蜥背上。雖然至今為止沒有試乘過，但牠的骨盤前方附近剛好凹下來，看樣子坐起來不會不舒服。

結衣緊抱住阿蜥的脖子根部附近後，亞絲娜就握著繩子後退了幾步，接著將視線朝向對岸。我也再次檢查水中與對岸，不過沒有察覺怪物的氣息。

似乎覺得可以放心的亞絲娜對寵物做出命令。

「阿蜥，不要潛入水裡，緩緩游向對岸！」

「呱啊！」

像要表示「交給我吧」一樣，阿蜥幾乎沒有濺起水花就開始游泳。在背部浮在水面的情況下，以手腳與尾巴划水前進。最後來到河川的中央部位，就開始靈活地調節推進力，在幾乎沒有被往回推的情況下持續游著。看來繩子的長度也沒有問題。

話說回來，認識較早的朋友幾乎都知道結衣是ＡＩ，不過尚未告知霍格與薩利翁他們。如此一來，他們是如何看待外表是年幼少女且稱呼我跟亞絲娜為爸爸、媽媽的結衣呢？應該不會真的認為她是我們的孩子，但除此之外還能有其他的解釋嗎？

在我的思考脫離正軌的期間，一人一獸確實地遠離，不到三十秒就渡過寬二十公尺以上的河川。阿蜥爬上岸後，結衣就從牠背上滑下來，然後笑著對我們揮手。除了洋裝的衣襬弄濕了之外，看來沒有什麼太大的問題。

「結衣，謝謝妳！可以解開繩子嗎？」

聽見亞絲娜的呼喚後，結衣就回應了一聲「好的！」，然後沒有花太多時間就解開亞絲娜用了渾身力道綁好的繩子。亞絲娜一邊拉著繩子將其回收，一邊繼續大叫：

「在那裡等一下！阿蜥，你先回來！」

阿蜥發出「呱啊！」一聲回答後就再次跳進水裡。這次全身在水中扭曲，以比去程快了將近一倍的速度靠近。

「好，看來是沒問題了。接下來換桐人先生過去吧？」

在霍格如此詢問之下，我稍微猶豫了一下。雖然很想趕快到結衣身邊，但她應該不希望我們一直把她當成需要保護的小孩子吧。因為在這個世界裡，結衣已經不斷證明自己是一個兼具智慧與勇氣，可以獨當一面的戰士了。

「……不，我先等一下吧，讓體重輕的人先過去。接下來換西莉卡或者亞魯戈……」

我邊這麼說邊看向伙伴們。

突然間，原本趴著的小黑迅速站了起來，像是警戒著什麼般發出低吼。

「……？」

我反射性看向對岸。穿著白色洋裝的結衣，以驚訝的表情看著這邊。

其右後方的草叢劇烈地晃動——

從該處衝出一道人類大小的影子，開始一直線朝著結衣跑過去。

「結衣！」

「結衣！」

我跟亞絲娜大叫的時候，結衣也開始有所行動。如果是人類玩家，應該會回過頭去確認襲擊者的模樣，但她卻毫不猶豫地往前跑。由於解除了所有武裝，所以判斷無法迎擊，才會選擇跳進河裡游泳來賭一把吧。

在這種狀況下，這應該是最佳選擇了。但襲擊者以超乎想像的速度追上結衣，然後驚人地從極遠處就伸出左手來抓住她洋裝的衣領。

已經衝到水面上的結衣，就這樣被拖回後方。這時候我終於看見襲擊者被月光照耀出來的身影。

全身覆蓋在黑色毛皮底下。長到詭異的手臂緊緊抱住結衣，同樣長的尾巴則左右搖晃著。

那是一隻猴子。由於體型明顯不是人類，所以不是穿著毛皮的玩家而是真貨，也就是說可能是怪物，但是看來不打算攻擊抱在左邊腋下的結衣。結衣的ＨＰ只要稍微減少就會豎起敵對旗標，小隊成員的我，視界裡應該就會顯示出猴子的圓錐形浮標，但是牠卻像是刻意避免出現這種情形。

猴子重新抱好掙扎著的結衣，朝對岸的我們一瞥——

接著就轉身猛然往下游的方向奔跑。

這時響起「磅！」的槍聲。是詩乃用毛瑟槍開火了。但子彈只是彈起猴子腳邊的砂石，看來沒有命中目標。應該是害怕擊中結衣而無法好好地瞄準吧。

即使如此，槍聲還是具有讓我從僵硬狀態中解放出來的力量。

「亞絲娜，坐到阿蜥身上！」

叫完後，我自己也跨坐到小黑身上。做出「衝啊！」命令的瞬間，小黑就開始全速奔跑。往後瞄了一眼，就看到揹著亞絲娜以前傾姿勢疾驅的阿蜥。即使在陸上，牠奔跑的速度也跟小黑差不多。

抓住結衣的猴子跑在對岸的三十公尺前方左右。如果只有一隻的話，很可能會錯失在黑暗中的漆黑猴子，但現在結衣的白色洋裝反射月光，讓我們勉強能夠分辨出她的位置。

「桐人，交給你了！」

莉茲貝特的叫聲從後面追趕了上來。

——絕對會把她救回來！

在內心如此大叫回去後，我就為了盡量減少空阻而把上半身壓低到極限。

8

——人界統一會議直屬神聖術師團的第二代團長賽魯卡．滋貝魯庫大人與整合騎士緹潔．休特里涅．薩提茲大人，還有同樣是整合騎士的羅妮耶．阿拉貝魯．薩提斯里大人是在人界曆四四一年……統一會議設立後六十年時在這個地方進入長眠。

這一年，歷史悠久的整合騎士團也決定解散，另外改變一個字來設立新的整合機士團。諸騎士則自行選擇要移籍到新的機士團，還是辭職過自由的生活，又或者是自願接受Deep freeze術式。

在諸位騎士裡面，有的決定移籍到機士團，也有的決定過新的生活，不過大多希望受到凍結。經過一段時光後，到了人界曆四七五年，待在兩位陛下身邊最久的法那提歐大人也進入長眠……再過三年之後，星王陛下與星王妃陛下也在把所有權限禪讓人界統一會議後退位了。

大約九個小時前，在雲上庭園重新相遇的艾莉如此說明了過去整合騎士從歷史舞台前消失的經過。

當時愛麗絲腦袋裡全是賽魯卡的事情，根本沒有多餘的心思去顧及騎士們，但像這樣目擊到石化凍結的模樣後，胸口果然還是有揪緊的感覺。

異界戰爭是在人界曆三八〇年的十一月結束，所以法那提歐在愛麗絲前往現實世界之後，也致力於幫助桐人、亞絲娜維持以及發展地底世界將近百年的時光。這樣的她是抱持什麼樣的想法而主動選擇在這個地方長眠的呢？

呆立於現場的愛麗絲，耳朵聽到細微的腳步聲。

一看之下，雙手重疊在圍裙前面的艾莉，正以宛如黎明前天色的眼睛筆直凝視著愛麗絲。她的嘴唇動了起來，接著就響起伴隨些許回音的聲響。

「星王大人與王妃大人把給愛麗絲大人的傳言託付給我。他們表示，哪一天愛麗絲大人回到這個世界，讓賽魯卡大人、緹潔大人與羅妮耶大人醒過來的話，是否解開整合騎士團的封印就由賽魯卡大人等人討論並且做出決定……」

「……這就是妳所說的『選擇』嗎？」

「正是如此。」

把視線從點頭的艾莉身上移開，愛麗絲再次看向法那提歐。

過去常以模擬猛禽的頭盔遮住容貌，以神器「天穿劍」屠殺許多敵人的副騎士團長，臉上的表情像是從一切重壓當中解放出來般平穩。如果法那提歐是因為覺得已經盡完所有職責才希望接受石化凍結，那愛麗絲就不允許因為自己想再次跟她見面的個人動機而破壞她的長眠。

她從法那提歐面前離開，接著往左邊走去。

站在旁邊的是連愛麗絲也不認識的男性騎士。應該是愛麗絲以整合騎士的身分醒過來時，已經被最高司祭親手封印於聖堂某處的編號個位數的騎士吧。

他的旁邊是從未見過的女性騎士。但是往上看到第四名騎士的臉龐時，就不禁發出「啊……」的聲音。這名容貌魁梧的男性騎士絕對是「熾焰弓」迪索爾巴德・辛賽西斯・賽門。

個性一板一眼的他，在異界戰爭之後要跟生性自由奔放的桐人相處應該相當費神吧。一想到這裡，就因為跟法那提歐不同的理由猶豫著是否該讓他醒過來。

——迪索爾巴德先生，我該怎麼辦才好呢？

在心中如此呼喚的時候，就聽見階梯那邊傳來新的腳步聲。

回頭一看，發現爬上來的是緹潔，以及肩膀上坐著納茲的羅妮耶。

兩人似乎先推測過九十九層有些什麼了。她們環視光素照耀下的純白大廳，開始朝某一個方向走去。

愛麗絲猶豫了一陣子後就朝兩個人追去。羅妮耶在途中停下腳步，只有緹潔繼續前進了數梅爾。在她前方沉睡的嬌小騎士是——

「……連利先生……」

小聲這麼呢喃後，愛麗絲就理解了。

那是緹潔結婚並且有了孩子的對象。也就是「雙翼刃」連利・辛賽西斯・推尼賽門。

站在連利面前的緹潔，靜靜地撫摸他石化的臉頰似乎在訴說些什麼，不過愛麗絲無法聽見內容。

她在羅妮耶身邊停下腳步，凝視著緹潔的背部。賽魯卡與艾莉也沒有開口。連總是很吵的納茲都像感覺到什麼般顯得相當乖巧。

厚重的牆壁後方響起細微的鐘聲。

聽見鐘聲後緹潔就離開連利身邊，轉身走回到愛麗絲她們的旁邊。

表情看起來雖然平穩，但眼睛裡卻帶著混雜了寂寞與猶豫的憂戚感情。雖然想跟她搭話，但或許是再次感受到緹潔一路走來的沉重歷史吧，嘴巴完全沒辦法動。

或許是察覺到愛麗絲內心的糾葛了，緹潔露出些許微笑，並且說道：

「愛麗絲大人，真的很謝謝妳保護了地底世界。託愛麗絲大人的福，我跟連利除了身為騎士之外，才能度過身為一個人以及父母的幸福時光。」

「……守護地底世界的是你們。我只能從皇帝貝庫達手中逃走……」

好不容易這麼回答完，這次換成羅妮耶移動到前面並且用力搖了搖頭。

「沒這回事。正因為愛麗絲大人在『大門之戰』肩負起作為人類軍希望之光的重責，我們才能在戰場上支撐下去。即使是異界戰爭之後的『四帝國大亂』與『黑皇戰爭』，許多騎士與衛士也都是懷抱著愛麗絲大人的身影來戰鬥。」

「黑皇戰爭……？」

這生疏的名詞讓愛麗絲皺起眉頭。不記得曾經從絲緹卡、羅蘭涅以及耶歐萊茵的口中聽見過。

「姊姊，就是跟黑皇帝們的戰爭喔。」

賽魯卡雖然幫忙做出這樣的注釋，但只是讓謎團更加深罷了。但是在愛麗絲繼續提出問題之前，賽魯卡就先對艾莉發問了。

「話說回來，艾莉。黑皇戰爭最後怎麼樣了？」

「賽魯卡大人您們長眠之後又過了大約三十年，最後的黑皇帝在人界曆四七五年時伏誅。不過被深淵之恐懼的碎片逃走了。」

四七五年的話，應該是法那提歐接受凍結的那一年。得以見到黑皇戰爭的終結或許就是她決定進入長眠的契機。

「竟然還花了三十年……」

如此呢喃的緹潔，走到艾莉身邊後把自己的雙手放到她在圍裙前疊起的雙手上。

「抱歉，艾莉。沒能跟妳一起戰鬥到最後。」

「沒有必要道歉喔。因為緹潔大人、羅妮耶大人以及賽魯卡大人在黑皇戰爭裡立下了許多戰功。」

聽到這裡，愛麗絲終於再也忍不住，於是開口對緹潔問道：

「緹潔小姐，妳是因為連利先生的天命已經先凍結了才接受天命凍結術的嗎？」

「嗯，正是如此。」

「說起來四皇帝反抗公理教會的理由，正是因為想獲得天命凍結術。我跟羅妮耶一直覺得術式帶來的永恆生命是違反世界的常理，因此原本不打算接受成為戰爭原因的天命凍結術。但是……」

羅妮耶代替伏下視線的緹潔開口表示：

「……最高司祭亞多米尼史特蕾達大人原則上如果舉行合成祕儀的騎士很年輕的話，就會等其成長到天命最大值時才施行天命凍結術，不知道為什麼只有費賽爾大人、里涅爾大人以及連利大人等三人是舉行祕儀的同時天命也受到凍結。結婚生子之後連利大人還是一直保持年輕的模樣，只有緹潔不斷成長……那個時候我注意到兩人煩惱的模樣增加了，於是拜託桐人學長讓天命凍結術復甦。因為就算是違反常理，只要能讓緹潔與連利大人一直保持笑容就值得了。結果學長就告訴我其實阿優哈大人與賽魯卡已經成功讓天命凍結術復活了……」

在視線注視下的賽魯卡，像是感到很抱歉般縮起脖子並且表示：

「不是我主動保持祕密的喔。要復活石化凍結術就必須先重現作為基礎的天命凍結術……但成功重現時，阿優哈大人就表示這個術式會蠱惑人心，所以只跟桐人學長與亞絲娜大人報告。」

「我沒有怪妳喔，賽魯卡。這確實很像阿優哈大人會擔心的事情。」

羅妮耶如此說完後就露出懷念的笑容，愛麗絲則是小聲對她問道：

「阿優哈……她沒有對自己使用天命凍結術嗎？」

「就我所知是沒有……阿優哈大人她一直很在意愛麗絲大人的事情。她經常說『我神聖術的老師是愛麗絲大人』。」

「我哪算什麼老師……明明沒有教過她什麼啊……」

「沒這回事。愛麗絲大人傳授給阿優哈大人的『Hollowsphere shape』式句，由阿優哈大人傳給了亞絲娜大人，再由我跟賽魯卡、艾莉繼承了下來。艾莉說沒有這個術句的話，就無法開發出穩定的永久熱素封密罐了。」

愛麗絲把眼神移過去後，艾莉就嚴肅地點了點頭。

「正是如此。在多數神聖術的式句當中，暨風素解放術之後我最喜歡的就是這個式句。」

「太誇張了……」

愛麗絲終於忍不住露出苦笑。發現Hollowsphere式句的確實是愛麗絲，不過那是把鋼素或者晶素形成中空球體，以單體來說屬於不起眼類型的神聖術。話雖如此，這個世界從建築物的冷暖氣到機龍的推進器都在使用的技術，基礎竟是源自愛麗絲遠在兩百年前留下的術式，這一點倒是讓人感到開心。尤其它原本是為了帶來殘酷殺戮的「反射凝集光線術」所開發出來的式句。

「不過聽妳們這麼說還是很高興。謝謝妳們。」

愛麗絲對艾莉露出微笑，然後把話題拉回來。

「我了解緹潔小姐接受天命凍結術的原因了。羅妮耶小姐與賽魯卡也跟她一起接受了對吧？」

「是啊，因為我們是朋友。」

羅妮耶立刻這麼回答，賽魯卡也輕輕點頭。

「是啊，姊姊。我的話，還有為了再次跟姊姊見面這個理由。」

實際上內心應該存在不少糾葛吧，這讓愛麗絲忍不住想再次抱緊笑著堅定如此表示的賽魯卡，但最後還是忍了下來。

這樣就知道三個人在二十五六歲時天命受到凍結的理由了。

之後賽魯卡就跟阿優哈一起致力於復活石化凍結術，花了很長一段時間終於完成，在大概五十年後的人界曆四四一年，跟緹潔、羅妮耶一起長眠於雲上庭園。同一時期，其他騎士也在自己的意願下於這一層接受石化凍結，或者移籍到新生整合機士團，又或者是選擇辭職過新的生活，然後到了人界曆四七五年，在輔佐星王到最後的法那提歐受到凍結，所有的整合騎士就從歷史上消失了——

不過還是有幾件仍不清楚的事情。

「……在那裡的古老騎士大人們，是被封印在什麼地方呢？」

愛麗絲指著並排在法那提歐左側的個位數編號騎士們如此問道，結果艾莉就回答：

「當初有七名騎士大人在不會融化的冰裡面沉睡，然後被隱藏在像要包圍九十六層的元老院般的環狀空間裡。只不過，雖然成功去除冰層，但桐人大人表示他們的靈魂狀態不穩定，即使是賽魯卡大人復活的石化凍結術也難以讓他們安全地醒過來……」

「我跟阿優哈大人重現的術式，跟亞多米尼史特蕾達大人所創造的原型石化凍結術只有些許不同。」

賽魯卡在交雜著手勢的情況下開始說明了起來。

「根據我從法那提歐大人那裡聽到的情形，公理教會時代率領修道士團的元老長裘迪魯金大人，似乎只使用起句與『Deep freeze』式句和指定對象的式句就能使出石化凍結術。但是我們詠唱了同樣的術式也沒有發生任何事情。裘迪魯金大人身上應該穿戴了什麼輔助術式的媒介物吧。」

——沒必要對裘迪魯金使用「大人」這樣的敬稱。

愛麗絲按耐下想如此插嘴的衝動，繼續聽著賽魯卡的說明。

「雖然尋找了那個媒介物，但沒能找到……所以我們重現的石化凍結術，不論是凍結還是解凍的術式，都長到要全部詠唱完得花一分鐘以上的時間。當然在細節上跟原型的術式有好幾個不同之處，所以把這個術式用在由亞多米尼史特蕾達大人或者裘迪魯金大人所凍結的騎士大人身上的話，無法否定會出現某些不良狀況的可能性。所以桐人他們也放棄讓沉睡在元老院的七名騎士醒過來，直接把他們移動到這個地方。」

「……原來是這樣啊……」

這麼呢喃，並且再次看向眾石化騎士的瞬間，愛麗絲就又注意到新的謎團。

「等等……妳剛才說沉睡在元老院的騎士是七個人對吧。這樣的話數量不對吧……？沒錯，如果是按照號碼排列，法那提歐小姐跟迪索爾巴德先生之間應該還有四個人……」

不論看多少次，夾在二號的法那提歐與七號的迪索爾巴德之間站立的騎士都只有兩個人。

結果這次艾莉只是稍微伏下睫毛回答：

「正是如此。能夠得知消息的就只有十六號的涅魯基烏斯大人之後的騎士大人，凍結在元老院的『遠古七騎士』是四號、五號、九號、十號、十三號、十四號、十五號，除了十二號的謝達大人之外，三號、六號、八號、十一號等四名是行蹤不明狀態。桐人大人推測他們很早之前靈魂的壽命就到了盡頭，說不定已經離開這個世界了。」

「…………這樣啊……」

他的推測應該是正確的吧。

愛麗絲閉上眼睛，祈禱四名騎士的搖光在作為靈魂源流的Main Visualizer能獲得安寧後，就抬起臉來詢問艾莉：

「謝達小姐人呢？好像不在這個房間裡面。」

整合騎士謝達．辛賽西斯．推魯弗應該也接受了天命凍結——是這麼想才會提出這個問題，結果答案卻超乎想像。

「謝達大人在黑暗界首都黑曜岩城的行政府，也就是過去的帝都黑曜岩城裡長眠。」

「在黑曜岩城？為什麼會在那種地方……」

「愛麗絲大人，謝達大人跟異界戰爭時是黑暗軍拳鬥士團長的伊斯卡恩大人結婚了。」

由於緹潔很懷念般這麼說道，愛麗絲只能啞然閉上嘴巴。那個謝達跟黑暗界的拳鬥士結婚？到底是怎麼樣的發展才會造成這樣的結果？

雖然很想打破砂鍋問到底，但這個森嚴的空間實在不適合談論八卦。所以現在還是先忍耐下來，只回答一句「原來如此」。

這下子心裡就剩下兩個問題了。

第一個是，如果緹潔的丈夫是騎士連利的話，那麼羅妮耶究竟是跟誰結婚。

但是愛麗絲沒有開口提出這個問題。深呼吸將其壓抑到胸口深處，環視了一下化做石像的前同僚們之後，就從正面面對著艾莉。

「艾莉，現在能夠立刻讓這個房間的騎士們醒過來嗎？」

結果艾莉就以確實的動作表達肯定的意思。

「是的。除了『遠古七騎士』之外的九名，只要詠唱桐人大人從亞多米娜帶回來的捲軸術式，愛麗絲大人也能自行讓他們覺醒，不然請賽魯卡大人幫忙把術式化為藥水也能有同樣的效果。」

「嗯，隨時都可以喔，姊姊。得花一點時間就是了。」

「謝謝妳，賽魯卡。」

對妹妹抱以微笑後，愛麗絲再次看向艾莉，開口說出最後的疑問。

「但是艾莉，靈魂不是有壽命嗎？我記得法那提歐小姐跟迪索爾巴德先生在異界戰爭的時候就已經活了超過百年的時間。之後如果又以騎士的身分持續服了近百年的職務，那麼受到凍結時，靈魂的壽命不是早已達到極限了嗎？艾莉……妳應該也不例外。」

過去在這個大廳正上方，中央聖堂第一百層聽見的話又鮮明地在耳朵深處復甦。

——我就告訴可憐的愛麗絲小妹吧。貝爾庫利已經不是第一次對這種無聊的事情感到煩惱了。其實呢，一百年前左右，那個孩子也說過同樣的話。所以我就把他重置了。

——窺看貝爾庫利的記憶，把塞在裡頭的什麼煩惱、痛苦全部都消掉了。而且不只是那個孩子……我對每個超過一百年以上的騎士都是這樣。讓他們忘記所有痛苦的事情。

「……桐人不會像最高司祭大人那樣，消除了法那提歐他們跟妳的記憶吧？」

愛麗絲心裡默念著「不可能會這樣」並且這麼說道，最後艾莉以平靜但是確定的動作搖了搖頭。

「桐人大人以人界統一會議的代表以及星王的身分留下了許多功績，其中他跟開發機龍以及提升亞人族地位傾注了同等心力的就是開發出『記憶壓縮術式』。」

「記憶……壓縮？」

「是的。主要是藉由壓縮保存遙遠過去且不會頻繁參照的記憶來增加靈魂的容量，同時防止劣化與崩壞。要回想起經過壓縮的記憶，將會進行解壓縮的程序而稍微花一點時間，但不會出現記憶脫漏與人格改變的情形。」

愛麗絲從艾莉堅定的口氣中直覺到她本人也接受了那個記憶壓縮術式。

「……那個術式能延長多少靈魂的壽命呢？」

「必須看一天的編碼量與壓縮強度，以安全性為優先的話桐人大人推測是兩百年，最多則大約是三百年左右。」

「三百年……」

愛麗絲不由得陷入茫然狀態好一陣子。那是主觀時間只活了六年又幾個月的愛麗絲無法想像的漫長歲月。

但如果有如此寬裕的空間，就算解除法那提歐與迪索爾巴德的石化凍結術，搖光應該也不會發生問題了吧。

「在這個房間裡長眠的眾騎士，靈魂全都受到記憶壓縮術式的保護嗎？」

為了慎重起見如此確認後，艾莉就迅速搖了搖頭。

「不，最高司祭大人親手凍結、封印的七名騎士大人因為沒有確認本人意願的手段，所以沒有接受術式。除此之外的騎士大人，活動歷史大約百年前後的成員全都接受了記憶壓縮術式。」

「嗯……說起來原本就沒有要讓那七個人覺醒了。我知道了，謝謝。」

這樣愛麗絲所有的擔憂就全都消除了。再來就是要不要讓除了「遠古七騎士」之外的九名騎士醒過來了。

——不對，星王與星王妃託付給艾莉的留言，內容應該是「是否解開整合騎士團的封印，希望由賽魯卡等人討論並且決定」。這樣的話，愛麗絲就不能自己一個人做出結論。

「緹潔小姐、羅妮耶小姐還有賽魯卡。妳們認為應該讓法娜提歐小姐他們九個人醒過來嗎？」

愛麗絲依序看著對方的臉龐並且如此詢問，三個人則像是早已決定答案般點了點頭，然後以羅妮耶作為代表來回答。

「是的，我們認為應該這麼做，愛麗絲大人。」

「可以詢問理由嗎？」

「因為接下來應該會需要法那提歐大人他們的力量。桐人學長在第八十層說過的對整合機士團的攻擊，原本是絕對不可能發生的事情。因為我們地底世界的人原則上是無法反抗居上位的人或者組織。」

「……一點都沒錯。」

過去曾經抵抗「右眼封印」的愛麗絲，可以說極為了解羅妮耶的言外之意。

羅妮耶這時以覺醒以來最為嚴肅的的表情凝視著點頭的愛麗絲。

「羅蘭涅她們說，現在的整合機士團擁有統轄地底世界地上軍與宇宙軍的權限，更高層的組織只有星界統一會議。也就是說能夠計劃對機士團發動攻擊並且做出命令的，不是統一會議的評議員，就是有同等立場的人。假如該名人物現身的話，整合機士們可能會無法反擊。」

「對哦……那個時候不是機士而是騎士的話……」

「嗯。包含我跟緹潔在內的所有整合騎士都只對桐人大人與亞絲娜大人獻出我們的劍。除了兩人之外，不論是什麼樣的人物現身，我們都不可能無法戰鬥。而我有預感不久之後，這樣的防備就會派上用場。」

9

帶著河川濕氣的風咻咻在耳邊低吼。

其他能聽見的就只有小黑急奔以及阿蜥隨後而至的腳步聲，還有兩頭寵物的呼吸聲。由於將身體前傾到極限，所以完全看不見前方的地面，迴避障礙物與其他怪物的工作只能相信小黑交給牠判斷了。

我把臉轉向右邊，瞪著滔滔江水的對岸。

三十公尺左右的前方，可以看見在河岸邊以跳躍方式奔跑的人型影子。由於光源只有月光，身影偶爾會快要消失在黑暗當中，之所以能勉強不錯失影子，全是靠夜視能力的輔助以及在影子手臂裡猛烈飄動的白色洋裝。

開始追趕影子——抓走結衣的猴型怪物已經過了兩分鐘以上。無論如何都得渡河，但目前找不到可以不進入水中就跳到對岸的地形。阿蜥的話應該能載著亞絲娜游泳渡河，但最快也得花三十秒，這段時間將會讓猴子逃到遙遠的地方。

唯一的優勢是對岸的深處是高將近十公尺的陡斜坡。就算是猴子應該也沒辦法在抱著結衣的情況下爬上去，但是等斜坡消失的瞬間就會改變方向，消失在我們的眼前了吧。

究竟是我們先到對岸，還是對方先脫離河岸呢。由於猴子是朝下游逃走，所以河川逐漸變寬，已經將近二十五公尺了。雖然覺得這樣跑下去機會只會不斷減少，但還是拚命壓抑下焦躁的心情。

弗利司柯爾說過這個第二層有複數的聚落與城鎮。有人居住的話就一定會有道路，而在道路碰到河川的地點——

「……有了！」

我壓低聲音這麼叫道。

前方大約一百公尺處，有四座相連的拱門橫跨河川。是橋梁。

但現在似乎沒有使用了，可以看見兩處崩塌的地方。即使如此，那座橋梁絕對是最後的機會了。

「亞絲娜，要渡過那邊嘍！」

一瞬間回頭這麼大叫，就聽見「嗯！」的聲音。

雖然不清楚猴子的智力達到何種程度，但對方應該也注意到橋梁了。就算可能會做出什麼妨礙，到了這個時候也只能強行突破。

先讓小黑把前進方向稍微偏往左邊，接著在橋前方急速右轉。揚起土塵轉過彎的小黑，毫不畏懼地全速闖進半塌的橋梁。

我稍微抬起臉確認猴子的狀況。原本認為牠可能會朝著這邊扔石頭或者什麼東西，結果只看到同樣右轉然後全力逃走的猴子背影。

有一條粗糙的鋪設道路從對岸的橋梁盡頭延伸出去，貫穿至今為止妨礙猴子脫離的陡斜坡通往西北方。猴子經過那條路一溜煙地逃走。糟糕……如果渡橋花太多時間，就會被猴子逃走。

——拜託了，小黑！

在內心如此用力祈求後，小黑就大大地躍起。

載著全副武裝的我悠然跳過將近五公尺的崩落部分，在橋梁中央附近著地。前方的另一處間隙也幾乎沒有助跑就克服了。

渡過殘留下來的橋梁，來到對岸後回頭一看，阿蜥正好要跳過第二個間隙。跳躍距離稍微不足讓我暗暗一驚，不過阿蜥以雙手雙腳的銳利鉤爪刺進崩塌斷面並且爬上橋面，然後繼續追上我跟小黑。

雖然很想大叫「Nice！」但現在還不是時候。只默默對背後豎起大拇指，就再次趴到小黑背上。

前方雖然有浮出地層的斜坡阻礙，但道路穿越其中一部分，朝向黑暗延伸。凝眼一看之下，勉強能看到在遠方急驅的猴子身影。

渡橋時稍微被拉開了距離，不過這樣終於來到猴子的逃走路線了。再來只要追上去——原本應該是這樣，但小黑與阿蜥的TP已經開始明顯減少。它歸零之後就換成HP開始減少了。

但抱著結衣的猴子應該也處於相同的狀況。對小黑默念了一句「加油啊」，然後就專心盯著前方。

追趕的我們跟逃走的猴子在速度上幾乎相同。再來就看誰先消耗殆盡……就在我這麼想時，亞絲娜讓阿蜥前進到我的右側旁邊，接著以不輸給風聲的音量對我搭話：

「桐人，那真的是怪物嗎？」

「咦……但是外表……」

說到這裡時才注意到，光看外表的話，昆蟲人（六腳）的薩利翁與畢明古還比較像怪物。

加上逃走距離實在太長了。怪物具備「綁架集團中最矮小的玩家」這樣的行動模式其實並不奇怪——實際上Gilnaris Hornet確實抓走了帕特魯族的切特——但猴子恐怕已經跑了超過四公里。就算這是事件任務之類的，也實在逃太遠了，就連使用坐騎都追不上的話，腳程再怎麼說也太快了。

「如果……是玩家的話，目的究竟是什麼……？」

如此呢喃後，我就立刻搖搖頭。

「不對，動機之後再想吧。現在必須在那傢伙是玩家的前提下，想出趕上他的方法。」

「……嗯。」

點頭的亞絲娜用力咬緊牙關。

寬不到兩公尺的小徑，貫穿像是熱帶草原般的地帶繼續往前延伸。草的高度大約五十公分，以猴子的體格就算衝進去也不可能隱藏住身體。但不認為這樣的地形會無限延續下去，所以得趁在單條道路上追逐時縮短距離才行。

如果猴子是玩家，像是發出巨大聲響吸引注意力，或者以食物香味來引誘這種單純的機關應該都不會有所反應吧。但反過來說，應該也不會有像The Life Harvester那樣不合理的戰鬥力。這樣的話——

「亞絲娜，相信這兩個傢伙吧！」

我邊說邊用右手觸碰奔馳中的小黑背部，亞絲娜慢了一會兒後就回答：

「知道了！」

「數到零就從後面下來！」

我再次瞪著前方來計算時機。來到短短直線道路的瞬間就大叫：

「二、一、零！」

我跟亞絲娜的身體同時浮起，各自在寵物的後方著地。

「小黑，上吧！」

「阿蜥，拜託了！」

雖然是毫無具體性的指示，兩頭寵物各自發出「嘎嗚！」「呱啊！」的短吼，一口氣開始加速。

小黑與阿蜥至今為止都是在我與亞絲娜坐在背上的情況下，持續以跟猴子同等的速度奔跑。簡言之就是沉重的搭乘者消失的話，應該就能發揮出更快的速度。相對地，猴子則無法放開擄走的結衣。

小黑與阿蜥迅速縮短原本將近五十公尺的距離。我跟亞絲娜也拚命從兩隻寵物後面追了上去。

猴子稍微往後瞄了一眼，然後像人類一樣扭曲著嘴巴。似乎可以聽見「嘖」的咂舌聲。

下一刻，猴子就做出超乎想像的行動。再次轉向前方後就從低處揮動空著的右手。以下鉤投的姿勢往上丟出某種東西。我的夜視技能捕捉到在黑暗中拖著尾巴的兩道煙火。

突然間，夜空中驚人的高處爆出藍色與紅色閃光。遲了一會兒後傳來「磅、磅！」的爆炸聲。

光線——正確來說是帶顏色的火焰沒有立刻消失，持續飄盪在空中。是投擲式的信號彈嗎？雖然不清楚藍色與紅色光線的意思，不過這就代表能看見那道火焰的範圍內還有猴子的同伴。

小黑與阿蜥已經逼近到剩下不到十公尺的地方。兩頭寵物只要能夠停住猴子五秒鐘，我跟亞絲娜就能追上去，殺掉猴子救回結衣，然後脫離這個區域……應該吧。雖然對於不詢問擄走結衣的理由就直接殺掉感到有些猶豫，但可不能弄錯優先順序。

猴子再次看向後方，或許是判斷無法逃走了而停下腳步。左臂依然抱著結衣，似乎打算空手迎擊小黑與阿蜥。但是到今天為止的戰役讓小黑是等級8，阿蜥則達到等級7的程度。就算猴子是玩家，兩頭寵物也絕對不是弱到能不使用武器就擊退。

小黑與阿蜥進入跳躍的準備動作。

剎那間，猴子一邊張大嘴巴一邊全力將身體往後仰。或許是吸入空氣吧，只見他的胸口宛如氣球般脹起。四根犬齒猛烈咬合後爆出火花——

發出連我的耳朵都能聽見的「轟！」一聲，接著從猴子口中吐出紅通通的火焰。

「什……」

為什麼猴子會用火焰吐息？沒時間對此感到驚愕，小黑與阿蜥就被火焰吞沒了。

兩隻寵物的HP立刻減少三成以上。而且HP條右側亮起的火焰圖標，應該是燒傷的異常狀態吧。

小黑和阿蜥蜴發出悲鳴並且倒栽蔥倒到地上。雖然想立刻幫忙治療，但火焰吐息應該是猴子最後的手段了。由於不認為擁有如此威力的招式可以連發，所以必須在冷卻時間結束前縮短距離才行。

——小黑、阿蜥，稍微忍耐一下！

在心中這麼大叫完，我就把速度提升到極限。跳過倒地的兩隻動物，在空中拔出愛劍。

距離猴子還剩下五公尺。

因為攻擊了小黑牠們而終於立起敵對旗標，猴子頭上出現圓錐形浮標。圓錐的顏色是敵對玩家特有的，帶著些許洋紅色的寶石紅。全滿的HP條底下可以看到「Masaru」（註：日文拼音的漢字是「真猿」）這種帶著嘲諷的名字。

雖然不討厭這種品味，不過絕對饒不了擄走結衣的傢伙。

雖然已經是劍技的攻擊範圍，但猴子，不對，是Masaru可能會拿結衣來當盾牌，所以我便使出發動劍技的假動作同時一口氣靠近。

「喝啊！」

由於敵人左臂抱著結衣，我便瞄準右側腹使出逆袈裟斬往上砍。雖然被對方輕鬆往後跳躍躲開了，但這就是我的目的。

我高高舉起的劍擋住Masaru的視線，同時將身體往右繞去。跑在後面的亞絲娜掠過我的背部往前衝出。「鏗——」的高周波響起，亮銀色閃光撕裂黑暗。

「嗚哦……」

這時Masaru首次發出聲音。

架著細劍的亞絲娜，以宛如拍動透明翅膀般的角度與速度往前突進。劍技「流星」。在飄浮於空中的狀態，沒有任何方法能夠迴避這招最快的劍技。

Masaru把結衣丟到草叢裡並且交叉雙臂。

帶著銀光的細劍深深地貫穿兩條手臂。

「咕啊！」

渾厚的悲鳴聲。莉茲貝特鍛造出來的鋼鐵細劍貫穿Masaru的胸口達十公分以上，然後隨著巨響把他轟飛。直立的話應該比我還高的身體，被擊落到地面後開始不停滾動。

倒地的方式雖然誇張，ＨＰ倒是只減少了兩成左右。雖然很想跑向倒在草叢裡的結衣，最後還是壓抑下這股衝動，只對技後僵硬的亞絲娜說了聲「結衣拜託妳了！」，接著就朝Masaru衝去。

就在我舉起劍，準備要發動劍技「垂直斬」的那個時候。

「吼啊啊啊啊啊！」

驚人的咆哮響徹整座草原。

「──！」

保留著劍技抬起臉，就看見三道影子以猛烈的速度從延伸到西北的道路前方靠過來。那應該就是Masaru以信號彈聯絡的對象了。

現在立刻轉身抱起結衣逃走……我把這個選項從腦袋裡趕走。如果新出現的三個敵人奔跑的速度跟Masaru一樣，在小黑與阿蜥的燒傷異常狀態消失前是不可能甩開他們。現在需要的不是冷靜的計算，而是要用瘋狂的氣勢來壓倒對方。

「嗚哦啊啊啊啊！」

迸發出不輸給對方的吼叫後，我直接跑過倒地的Masaru身邊。

以睜大的雙眼瞪著突進過來的三個敵人。左邊與右邊的身材算是嬌小，中央的則相當高大。而且用雙手握著大型武器。

判斷那傢伙應該是隊長後就決定好攻擊目標。如果失手就幾乎可以確定會落敗，但也只能到時候再說了。

距離不到二十公尺。月光與夜視技能讓敵人隊長的身影浮現出來。

果然不是普通的人類。雖然用兩隻腳奔跑，胴體上也裝備著像是皮革鎧甲的東西，但四肢都覆蓋在黑色條紋的毛皮底下，頭部則一看就知道是貓科猛獸。

是老虎。身高將近兩公尺的虎人。

我到了這個時候才終於知道敵人的身分。這些傢伙是自身能選擇的角色全是獸人的ＶＲＭ

MO，世界終焉之日——通稱「終焉」的玩家。

攻略速度應該比ALO組還要快的終焉組，為什麼要伏擊我們，又為什麼要擄走結衣呢？不對，現在敵人的狀況一點都不重要。不把整個人都交給鬥爭本能的火焰，將無法突破這個難關。

虎人高舉起巨大的雙手斧。

半吊子的迴避會讓身體失去平衡，隨手格擋的話劍會被砍碎。往前衝……超乎敵人的意料，繼續往前衝。

「吼嗚啊啊！」

前往老虎轟然揮落的巨斧正下方……

「哦哦哦！」

我以渾身的力量踢向地面並且衝進去。同時使出的上段斬猛烈撞擊兩手斧的握柄。純白的火花飛散，無法估算的衝擊讓全身關節發出摩擦聲。如果不是握柄而是跟厚重的斧刃互抵的話，應該會連劍一起被擊潰吧，這就是足以讓人如此確信的一擊。

但是經由「剛力」能力強化的虛擬角色與莉茲貝特幫忙打造的「高級鋼製長劍」接下了雙手斧，經過一瞬間的膠著狀態後把它推了回去。

老虎的上半身整個後仰。我的劍也同時被彈回來。

應該是早就看準這個斷點了吧，矮小的獸人從右前方闖進來。雖然不清楚種類，不過握著的是彎曲的匕首。如果只是乖乖等待僵硬結束的話，時機上已經來不及迴避與防禦了。

但是我跟雙手斧互抵時就預測劍被回彈的角度，然後事先微調過自己的姿勢了。回彈的劍像像被吸進去般停在右肩上方，形成發動劍技的預備動作。

「嗚……啦！」

劍帶著藍色光芒的瞬間，我毫不猶豫地發動了「圓弧斬」。

感覺從右邊迫近的匕首掠過側腹的裝甲，同時把劍朝著仍在後仰狀態的虎人轟落。

隨著「咚喀！」一聲傳來沉重的手感。厚厚的劍身深深撕裂敵人的皮甲，從下止點呈銳角往上彈。

「咕啊！」

巨軀上被劃下V字形傷痕的虎人，在空中飛了幾公尺後從背面掉落在地上。

我同時進入技後僵硬狀態。這時候握著短槍的第三個人從左側迫近。這次已經不能用劍技來取消僵硬了。但是……

即使在僵硬狀態中，雙手的手腕以下還是能夠活動。

我的手離開愛劍的劍柄，兩手的指尖從左右兩邊互碰。手中出現灰色光芒的瞬間就放開手指，調整角度後握起雙手。

隨著散發恐怖氣息般的效果音所發射出去的黏液塊——腐屬性魔法「腐臭彈」命中從左側逼近的敵人胸口並且飛濺開來。

「呀嗯！」

傳出像是犬隻悲鳴的聲響。「腐臭彈」雖然沒有攻擊力，但沒有催鼓到極限的覺悟是無法承受它強烈的腐臭與難以下嚥的口感。

解除僵硬狀態的瞬間，我就用右腳彈起正在落下的愛劍並再次握住它。雖然從右後方傳來追擊的氣息，但我無視其存在直接全力跳躍。

前方的虎人已經慢慢起身。我毫不留情地把愛劍插進他長滿凶惡利牙的嘴裡。劍尖貫穿柔軟的喉嚨直透脖子後方。

「嘎！」

發出短暫悲鳴的老虎腹部著地後，我就開始劍技「憤怒刺擊」的準備動作。就這樣直接發動劍技的話，老虎的頭應該會飛走。老虎的嘴裡隨著尖銳的震動聲迸發出蔚藍閃光——

「等……等一下！」

背後傳來沙啞的聲音，我則是把劍技保留在準備狀態。鮮豔的淺藍色光芒照耀出我跟老虎的臉龐。

「投降了！我會丟掉武器！所以請饒了那個傢伙！」

——擅自擄走結衣，現在才在求饒。

雖然這樣的憤怒在腦袋裡肆虐，但深呼吸一下後還是壓抑了下來。猴人Masaru雖然擄走結衣但沒有讓她受傷。只要結衣的ＨＰ有任何損失，我會把你們全都幹掉，在內心如此呢喃之後，我就朝身後做出指示。

「……後面的兩個人，把武器全力丟向右側的草叢。」

結果空氣立刻「呼」一聲產生震動，可以看見匕首與短槍飛過十公尺以上的距離。剩下的武器就只有虎人依然握著的雙手斧。

「你也放開斧頭。」

虎人眨眼表示投降之意後，雙手斧就掉落到地上。我用左腳將其踢到遠方，右手則緩緩把劍從他嘴裡抽出。

放下原本踩在老虎肚子上的右腳，往左移動兩步。踏住雙手斧的握柄後轉過頭去。

並排站在三公尺左右前方的應該是浣熊獸人與狐狸獸人。狐狸的臉整個扭曲，不停發出「呸、呸」的聲音吐著口水。

再看向兩人的後方，坐在地上的猴人正被亞絲娜用細劍，結衣用短劍抵住。

「哎呀……簡直比傳聞中更像狂戰士。」

這是獸人四人組的隊長，虎人奧托所說的第一句話。

並排坐在路旁的四個人，被之前見過的尼帝繩索綁住雙腳腳踝並且互相連結在一起。雖然拿走武器了，但終焉組的獸人擁有銳利爪子與牙齒，所以絕不能大意。

右手依然握著劍的我，冷冷地提出反駁：

「剛才的戰鬥哪裡像狂戰士了。應該是非常聰明吧。」

「真敢說耶。」

浣熊人拉爾卡斯以類似帕特魯族的尖銳聲音如此抱怨。雖然很想說句「直接用拉斯卡爾好嗎！（註：出自動畫《小浣熊》裡浣熊的名字）」，但玩家的姓名是其自我認同，於是想著「或許有什麼堅持吧」的我忍耐了下來。

「一般來說，三對一不是逃走的話，至少也會停下腳步吧。反而加快速度衝過來根本是瘋了嘛。」

在丟出一串話來的拉爾卡斯旁邊，狐狸人小豆到現在還是口齒不清。

「嗯嗯嗯……怪味道還是消不掉……剛才那個到底是什麼魔法……」

我從道具欄取出素燒瓶，丟給從聲音聽起來似乎是四個人當中唯一一名女性玩家的小豆。

狐狸人雖然雙手接住，卻還是用充滿懷疑的眼神看著我。

「只是普通的水啦。」

這麼說完，我就看向坐在最右邊的猴人Masaru。

「那麼……你們為什麼要擄走這個孩子呢？」

結果Masaru就往我的左後方瞄了一眼。

抱著結衣的亞絲娜以及小黑、阿蜥在稍遠的地方站在一起。兩隻寵物的燒傷已經用亞絲娜製藥技能製作的軟膏加以治療，另外也讓牠們喝了藥水將ＨＰ完全回復，不過現在臉上依然帶著似乎立刻要朝四人撲過去的危險表情。

「……嗯，該從何說起呢……」

明明替猴子虛擬角色取了Masaru這樣的名字，卻以相當理智的優美聲音說出這樣的開場白，然後才又開始說明：

「我們終焉組是在前天上午到達第二層，比飛鳥組晚了半天。只不過，那邊是必須想辦法對抗寒冷的冰雪地帶，我們則是水、食物與資源都相當豐富的森林地帶，所以應該馬上能追上他們才對。五支小隊共四十人的先遣部隊很順利地突破最初的十公里，發現了一處有甘甜湧泉的空地後，就先在那裡建立補給據點。」

「等一下。先遣部隊有四十個人的話，你們終焉組有幾個達到達第二層了？」

我一這麼插嘴，Masaru就瞄了一眼坐在左邊的奧托才繼續回答：

「我會回答你的問題，但沒辦法證實我說的是真話喔。」

「是不是真話由我來判斷。」

「……大約兩百人。當然不是所有人同時潛行。」

……兩百！

雖然很想這麼大叫，但我還是緊閉著嘴巴。

因為ALO組現在到達第二層的包含我、亞絲娜跟結衣在內只有十三個人。雖然很想認為兩百人只是對方在虛張聲勢，不過完全無法從Masaru的猴臉上辨明真偽。

當我放棄辨明準備催促他繼續說下去時，背後的結衣就開口表示：

「那個人應該沒有說謊。」

原本打算詢問「妳怎麼知道」，但旋即理解了。結衣應該是分析了Masaru的口氣與聲調。我不能讓她在四個人面前表明這件事。

「這樣啊。那就先相信他吧。」

「而且雖然不確定，但可以檢驗喔。」

「啥？」

這次我真的忍不住瞪大了眼睛。

「怎……怎麼檢驗？」

「請Masaru先生打開環型視窗，確認他朋友名單的登錄人數就可以了。」

「哦……哦哦，原來如此……」

我這麼呢喃的同時，Masaru也低聲說了句「還有這招啊……」。

朋友訊息是這個真實到嚴苛的Unital ring世界，玩家被賦予的少數特權。因為不知道會需要聯絡哪個人，所以很可能所有伙伴都登錄了。

不等待我的指示，Masaru主動打開環形選單，擊點聯絡用圖標。從後面窺看後，朋友名單的上段右側顯示著２１８這個數字。

「……我相信了。」

「那真是太好了。」

這麼說完並且取消選單後，Masaru就回到說明上。

「然後為了在森林中的空地建立據點，我們就先開始伐木。因為面積有點不夠，空地周圍也長了許多看起來很高級的針葉樹。我們隊上有很多像那邊的奧托那樣，對自己的力氣很有信心的therian，所以很快就……」

「therian是什麼？」

「噢，是therianthrope的簡稱。終焉裡都是這麼稱呼獸人。」

「原來如此。繼續說吧。」

「……迅速砍倒五六棵針葉樹，同時準備開始製材的時候。就有二十名左右的NPC從森林深處突然以弓箭發動攻擊。那種箭被擊中的話相當疼痛……」

「而且不誇張的是百發百中。」

奧托巨大的身體也震動了一下。

「沒有出現犧牲者真是奇蹟。全是託卡斯柏迅速下達撤退指令的福。」

雖然又出現新的名字，但每次都要求注釋的話，話題將很難有進展，於是決定等會兒再說，先聽Masaru的說明。

「然後我們就先逃離現場，但NPC卻執拗地追了上來。最後我們落得退後多達八公里的下場。離開森林後追擊終於停止，於是就先在該處紮營，派出擅長偵察的八名therian組成偵察部隊。我和那邊的小豆都參加了。」

Masaru把視線移過去後，喝了水終於讓腐臭彈殘留的味道消失的小豆就輕輕點頭。

「Masaru、我，還有鼬鼠、貓鼬、虎貓等都是對於匿蹤有信心的傢伙。當然所有人都是『俊敏』能力樹，也取得『隱身』、『輕功』等能力，認為自己不會被任何敵人發現。實際上也順利地抵達之前那個空地，從那裡開始使出渾身的匿蹤功夫，極度慎重地搜尋敵人的據點……」

小豆尖尖的鼻子垂了下來。

把話題接續下去的Masaru，聲音裡也帶著懊悔與恐懼。

「……朝森林深處前進了大約三百公尺左右吧。在沒有任何人發現的情況下，就被先前的NPC團團包圍住了。被弓箭對著，完全聽不懂他們在說些什麼。心想『這下死定了』的時候，貓鼬髷島使用了『黑煙氣息』……」

「黑、黑煙氣息？那是什麼？」

忍不住這麼插嘴後，Masaru就輕輕聳了聳肩。

「能吐出黑煙的繼承技能。跟我剛才使用的『火焰氣息』一樣。」

「哦哦……」

所謂的繼承技能，就是能從強制轉移前的遊戲帶過來的唯一一個能力。

話說回來，這個猴人剛才確實向小黑與阿蜥吐了火。雖然心想「猴子哪能吐火」，不過那似乎是世界終焉之日帶來的能力。如此一來，奧托、拉爾卡斯與小豆擁有什麼樣的吐息就令人在意了，不過這也之後再問就可以了，還是先繼續聽下去吧。

「……髷島事先我們跟說好，只要一吐煙就專心逃命，於是我們就拚命逃走了。在咻咻飛來的箭雨中呈鋸齒型奔跑，好不容易甩開敵人，回到同樣是事先說好的集合地點……結果八個人裡面只有五個人能回來。」

「……剩下的三個人死了嗎？」

「不。髭島、加戸子還有休拜因被敵人抓住了。」

「…………」

雖然目前Masaru他們還是敵人，我還是忍不住咬緊嘴唇。ＶＲＭＭＯ的綁縛、監禁是最讓人絕望的發展，即使在一旦死亡就結束的Unital ring，心情上也不會有所改變。

「那真是太可憐了……雖然這麼覺得，但那跟擄走這個孩子有什麼關係？」

我瞄了結衣一眼並這麼問道，Masaru就深深嘆了一口氣才回答：

「……我們不能拋下髭島他們不管。但就算兩百個人一擁而上，也沒辦法在森林裡跟那些傢伙戰鬥。再來就只剩靠交涉來解決這個辦法了……桐人先生你們也知道吧。不習得對應的語言技能，ＮＰＣ所說的話根本聽起來不像語言。而要習得語言技能就只能耐著性子跟ＮＰＣ交談，但那些傢伙看見我們的瞬間就發動攻擊。初見面就敵對的話，交涉路線根本就行不通。」

「但是呢！」

拉爾卡斯像要表示「無法接受」般叫喚著。

「我們只是建立據點而已，那些傢伙就突然對我們放箭了，我們也不想一見面就變敵人啊。雖然這個世界的ＮＰＣ大部分都帶有敵意沒錯啦，但那樣實在太不合理了！」

「真要說的話，其實Unital ring的存在本身就不合理了。」

奧托的話讓我忍不住想點頭表示「一點都沒錯」，最後只能把嘴彎成ㄟ字形。由於內容相當耐人尋味，差點就被吸引過去了，不過可不能忘記這四個傢伙是敵人。

「……我自己也思考過對方先發制人的理由……不過這之後再說。」

以冷靜的聲音如此說完後，Masaru一瞬間把視線移到結衣身上。

「不論是以武力救出還是和平交涉都行不通……再來就只剩下找看看有沒有什麼作弊的方法了。這麼想的我們，從前天傍晚就開始拚命收集情報。其中一個行動就是持有副帳號的伙伴把角色轉移到幾個有力的遊戲裡……結果潛入ＡＬＯ起始地點的傢伙打聽到令人感興趣的消息。聽說那個有名的『黑衣劍士』在第二層前方不遠處建立了大規模的據點，還讓兩個種族的ＮＰＣ移居到該地。要跟ＮＰＣ建立友好關係明明相當困難，在這麼短的期間內竟然能讓他們同意移居一定有什麼祕密。為了詳細調查，又追加了好幾個人潛入斯提斯遺跡，其中一個人幸運地混入前往桐人先生的城鎮……拉斯納利歐的商隊裡。」

話說回來，弗利司柯爾的確說過最近似乎有許多身穿初期裝備的陌生玩家出現在斯提斯遺跡到處打聽消息。他還推測可能是飛鳥組或者終焉組的間諜，看來他說的一點都沒錯。

「然後那個傢伙在拉斯納利歐打聽之後，得到桐人先生的同伴裡有一名不可思議玩家的情報。外表明明看起來是小女孩，卻能流暢地跟ＮＰＣ溝通，說不定就是這個女孩說服ＮＰＣ，讓他們移居到拉斯納利歐……如果真的能辦到這種事，那能想到的理由就只有一個……」

就是女孩並非人類而是ＡＩ——我擔心他會說出這樣的話來。

但是再次看向結衣的Masaru所說的是意料之外的內容。

「那個女孩子繼承了某種語言系的技能對吧？像是能跟任何種族對話之類的……如果那個技能也對Unital ring的NPC有效，應該也能跟抓走鬍鬚島他們的那些傢伙溝通才對。」

把視線從結衣那邊移回我身上後，Masaru就用沉穩的聲音表示：

「這樣你知道我們想擄走這個孩子的理由了吧？」

「…………」

——雖然知道了，但是完全沒有打算接受喔。

我原本打算這麼說，但結衣比我快了一步對著Masaru問道：

「那為什麼不用和平的方式請我們幫忙呢？」

Masaru像是沒想到結衣會這麼問般眨了眨眼睛，他旁邊的奧托則輕舉起巨大的雙手說：

「拜託的話，你們會願意幫忙嗎？」

「那是當然了！」

我以驕傲的心情凝視著在亞絲娜懷裡全力挺起胸膛的結衣。

不過身為她的監護人能不能接受就另當別論了。能輕鬆讓每個人都擁有如此強大戰鬥力的終焉組四十人精銳部隊敗逃的西方森林NPC——光是想像結衣站在那些傢伙的箭尖前面，我的背部就感到一陣發冷。

「……雖然她本人這麼說，但別天真到現在才想請人幫忙啊。」

搶先提醒嚇呆了的Masaru後，我就提出早就應該提出的問題。

「說起來呢……那些ＮＰＣ是什麼樣的傢伙？」

「噢，我沒說嗎？是精靈喔……皮膚有點黑，大概是所謂的黑暗精靈。」

「黑暗……精靈。」

當我這麼呢喃時，有些疑惑般抬頭看著我臉龐的Masaru又加了一句：

「正如剛才所說的，完全聽不懂他們的語言，唯一可以聽出他們的自稱……應該是種族名還是國名吧。我記得是……盧斯拉還是留斯拉之類的。」

10

「……真是太了不起了。」

愛麗絲發出感嘆的聲音後，賽魯卡就抱著剛完成的解凍藥轉過身來微笑著說：

「姊姊只要記住順序就能辦得到喔。因為妳的術式權限比我還高啊。」

確實愛麗絲的系統控制權限等級已經高到連現在的賽魯卡都無法比較的地步，但那應該是因為擊敗深淵之恐懼的緣故，並非一點一滴努力修業所累積出來的成果。

當然身為下級騎士時拚命地學習了術式，對於操縱素因的技術也有一定的自信，但還是覺得比不上從修女見習生一路爬到神聖術師團長的賽魯卡那種兼具纖細與大膽的技巧。

再加上「石化凍結解凍術式的液體化」這樣的作業，難易度遠遠超出原本的想像。

將儲存了大量神聖力的觸媒——聖花珠並排在作業台上，然後同時生成光素、暗素、水素、晶素。對這些素因進行複雜的處理後保持住，接著只詠唱長篇解凍術式的其中一節。將術式的效果轉錄到素因上，再將其變成液體裝進水晶空瓶，然後繼續下一節的作業。

做的事情雖然是在見習術師也能辦到的製作天命回復藥的延長線上，但兩者之間的距離極為遙遠。而且在保持素因時應該使用了心念力。

原本是頑皮少女的賽魯卡竟然成長為如此優秀的術師，讓人不得不感覺到「限界加速階段」期間經過的歲月有多麼沉重，不過令人高興的是這個作業也使用了「Hollowsphere shape」式句。

即使經過了兩百年的時間，過去與現在的地底世界還是緊密連結在一起……有了這種感覺的愛麗絲接下賽魯卡伸出雙手遞過來的第五瓶解凍藥。

暫時跟沉睡在第九十九層的整合騎士們道別，回到第九十五層後已經過了兩個小時。

雖然決定了讓整合騎士們覺醒的方針，但多達九個人的話還是需要一定的準備。製作解凍藥就不用說了，也得準備充分的食物與飲料，並且整理出人數份的房間才行。

由於艾莉表示要負責食物，羅妮耶與緹潔則表示要打掃房間，所以愛麗絲便自願擔任賽魯卡的助手，不過能幫上忙的只有把空瓶與觸媒擺到作業台上，以及把完成的解凍藥收到木箱裡，再來就只是一直看著賽魯卡熟練的技巧而已。

花了一個小時準備各式各樣的道具，當開始作業時已經是晚上十點。接著又花了一個小時完成五瓶解凍藥，不過包含預備用在內總共需要十瓶，所以就算拚命趕工，也要到隔天才能結束了。

「賽魯卡，稍微休息一下吧。」

當賽魯卡準備在作業台排上新的聖花珠時，愛麗絲就這麼對她搭話。

賽魯卡本身也是在六個多小時前才剛從一百四十年的長眠中醒過來。實在不認為光靠用餐與入浴就能完全回復。

抬起頭的賽魯卡雖然微笑說著「我不要緊的，姊姊」，但話才剛說完上半身就搖晃了一下。

「看吧！」

愛麗絲急忙撐住妹妹的背部。然後直接不管三七二十一就帶她到附近的長椅前讓她坐下。在杯子裡倒水，以熱素加熱成溫水然後遞給賽魯卡後，她就用雙手接過去，一點一點喝了起來。

「呼……——能夠無詠唱就這麼快速製作出素因，真不愧是姊姊。」

「這不是什麼值得稱讚的事情……只是為了戰鬥的技術。」

「就是姊姊的戰鬥拯救了地底世界喔。」

這麼說完後，賽魯卡就以手勢催促愛麗絲到自己身邊。接著用雙手溫柔地抱緊坐下的愛麗絲。

愛麗絲也將手繞到賽魯卡背後，然後把臉埋到她如絲絹般的頭髮裡。令人懷念的甘甜香氣包裹住意識。

現在的愛麗絲沒有幼年時期的記憶。只有從中央聖堂逃走，隱居在盧利特村近郊森林裡的短短五個月曾經跟賽魯卡一起過生活。即使如此，感覺收納愛麗絲靈魂的LightCube，某個地方還是殘留著幼時的回憶。

「……賽魯卡，等一切告一段落……要不要回盧利特村看看？」

在有些猶豫的情況下，愛麗絲這麼呢喃。

愛麗絲自從為了參加東大門防衛戰而離開盧利特村後，已經過了兩百年的時間。父親卡斯弗特・滋貝魯庫以及母親莎蒂娜應該都早就回歸天界了吧。不對……愛麗絲與賽魯卡都沒有回到村裡，所以代代擔任村長的滋貝魯庫家可能已經斷絕了。

不過賽魯卡還是在愛麗絲懷裡輕輕點了點頭。

「說得也是，姊姊。我最後回村子裡也是人界曆四三六年時的事情了……」

「妳經常回盧利特村嗎？」

「不，幾年才回去一次。四三六年時，爸爸他……」

當賽魯卡說到這裡的時候。

滋滋！

強烈的振動讓巨大的中央聖堂搖晃了起來。

「……！」

「什……什麼？」

兩個人同時站起來。接著再次振動。然後再一次。

轉動視線的愛麗絲，看到並排在西側外圍部的植樹後面有宛如雨滴般的火光紛紛落下。應該是某種東西擊中上層的牆壁後爆炸了。

往西奔跑穿越植樹的縫隙後，站到地板的邊緣。以柱子支撐身體，將身體探出虛空往上看，發現二十公尺左右的上方……大約九十八層還是九十九層附近的外牆上附著著無數殘留的火焰。牆壁本身看起來是平安無事，不過因為太過黑暗，所以不清楚是否有輕微的損傷。

當愛麗絲皺起眉頭想著「到底是什麼東西爆炸」時。

「姊姊，那個！」

追上來的賽魯卡指著西方的天空。

往那邊一看的瞬間，愛麗絲就猛然吞了一口氣。

靠近地平線的金色發光圓弧是過去的月亮，也就是伴星亞多米娜。

其正上方，夜空的高處有三道漆黑的影子呈等間隔飄浮著。

雖然難以掌握距離感，不過每道影子的寬度看來都有三十梅爾以上。又長又大的翅膀從圓圓膨脹起來的身體左右兩邊伸出，那種形狀是——

「……機龍！」

賽魯卡以壓抑的聲音這麼叫道。

那無疑是擁有漆黑裝甲的超大型機龍。跟在被桐人召喚過去的伴星亞多米娜，使用完全支配術破壞的，名為「阿普斯」的機體極為相似。

在兩人茫然往上看著的情況下，三架機龍的機翼下方閃爍著橘色光芒。

光芒離開機龍後，就發出像是怪物吼叫般的怪聲一直線飛翔，刺進中央聖堂的最上層。連續產生三次強烈的爆炸，讓白色大理石巨塔震動了起來。

「啊……」

愛麗絲本能地把踉蹌的賽魯卡抱到身邊並且後退一步。

明明是現在就得有所行動的狀況，腦袋卻變成一片空白，不知道該怎麼辦才好。

浮在夜空中的三架機龍，發射了現實世界所謂的飛彈來攻擊中央聖堂。即使親眼見到這樣的光景，腦袋似乎還是拒絕接受這個事實。

中央聖堂是絕對不可侵犯的聖域。全人界的人民所敬畏的神明寶座——侍奉最高司祭時印在腦海裡的認知似乎仍未消失。但這對現在仍信仰史提西亞神的人界人來說應該也是一樣才對。到底是什麼人做出試圖破壞中央聖堂這種大逆不道的行為？

呆立在現場的愛麗絲，耳朵裡傳來艾莉的聲音。

「愛麗絲大人、賽魯卡大人，到這邊來！」

像是被這道堅毅的聲音吸引過去一般，愛麗絲拉著賽魯卡的手穿越植樹的縫隙回到樓層的中央。

原本應該在做菜吧，頭上依然綁著白色三角巾的艾莉高高舉起右手叫道：

「System call！Activate emergency mode！」

這是連愛麗絲都沒聽過的式句。

艾莉腳邊的地板突然發出紫色光芒。從該處浮現幾扇巨大的「窗戶（Window）」，包圍艾莉之後停了下來。

纖細的手指像跳舞般敲打著手邊的操作用視窗。中央聖堂雖然再次震動，但這次不是因為爆炸的緣故。

「啊，姊姊！」

賽魯卡的聲音讓愛麗絲看向西側的外圍。

隨著「轟轟轟……」的聲音從上下突出厚厚的大理石板，封住了通往外面的開口部。短短幾秒鐘上下的石板就毫無縫隙地組合起來，再也看不見外面的景象了。

下一刻，再次傳出多重的爆炸聲。但是塔的晃動已經比第一、第二次小很多了。

「……封住所有的窗戶與開口部，也對牆壁較薄的部分做了補強。這樣應該能撐一陣子才對。」

面對以沉穩聲音如此宣告的艾莉，愛麗絲猶豫了一下究竟該從何問起。

中央聖堂原本就有這樣的構造嗎？三架黑色大型機龍是從哪裡來的？到底為什麼，又是在誰的命令下攻擊中央聖堂的呢──

不對，至少第二個問題的答案已經很明顯了。

「那些機龍是從亞多米娜來的嗎？」

稍微冷靜下來的愛麗絲這麼問道，艾莉則是輕輕點頭。

「應該是吧。就算是軍用機龍，那樣的大小要從亞多米娜到卡爾迪娜應該也得花五個小時，應該是桐人大人與耶歐萊茵大人壓制未確認的基地後，立刻就從亞多米娜上其他的基地起飛了吧。」

「基地遭到壓制絕對是意料之外的事情，確定方針的速度卻快到令人難以置信……」

當賽魯卡這麼呢喃時，就傳來「喀喀」的腳步聲，羅妮耶與緹潔從樓梯口衝出來。兩人都脫下鎧甲與長袍，換上較容易行動的騎士服。

「剛才的晃動是怎麼回事？好像聽見爆炸聲……！」

話說到這裡的緹潔，看見被視窗包圍的艾莉就瞪大了眼睛。抱著納茲的羅妮耶也微微張開口。

「緹潔大人、羅妮耶大人，請看這個。」

艾莉這麼說完就敲打著操縱盤，在稍遠處打開了新的視窗。長與寬各有一梅爾左右的視窗，以令人驚訝的鮮明影像呈現出浮在夜空中的三架機龍。

緹潔她們抬頭看著視窗的同時，機龍再次發射了飛彈。三道橙色的閃光撕裂黑暗往前飛翔，消失在視窗的視界外。

巨響。振動。

為了不讓好不容易製作出來的五瓶藥水掉落到地上，愛麗絲邊用雙手壓住木箱邊說道：

「艾莉，中央聖堂的建材現在仍然是不可破壞屬性嗎？」

忍不住用了現實世界的ＶＲＭＭＯ用語，不過艾莉沒有露出疑惑的模樣直接點頭回答：

「是的，現在仍維持著最高司祭大人所設定的最高等級優先度與修復力。但是……請看這個。」

她所指的另一個視窗上，可以看到跟ＡＬＯ與Unital ring的ＨＰ條類似的棒狀圖表呈十字形排列，其中左側的一條正發出紅光。

「這是方位別的心念計。由於受到攻擊的西面檢測到相當高的數值，可知那些機龍發射的不是單純的熱素噴進彈，應該是戰術級的心念兵器。」

「心念……兵器。」

愛麗絲重複呢喃了一遍。三天前，從阿拉貝魯家把桐人帶走的衛士廳職員們曾經說過這個名詞。雖然不清楚詳細的結構，不過很容易就能想像得到是應用心念力的兵器。

「那就糟了……」

緹潔抬頭看著大型視窗，以緊繃的聲音這麼說。

「雖說會依噴進彈產生的心念種類與強度而有所差異，但承受許多發的話會累積『覆蓋效果』，外牆可能會沒辦法抵擋爆炸……」

雖然是首次聽見覆蓋效果這個名詞，但是跟心念兵器一樣能想像得到意思。

心念力說起來就是由靈魂所發出的念力——藉由想像來干涉世界的常理，把不可能變為可能的力量。像是不使用手就能移動物體的「心念之臂」、以透明斬擊來撕裂對象的「心念太刀」、無詠唱就生成素因的技術，以及生成超過雙手手指數量的素因等技巧都屬於心念力的範疇。

簡言之，心念力就是覆蓋世界基本法則(System)的力量。給予中央聖堂外牆龐大優先度與修復力都是基本法則的範疇，因此使用足夠強大的心念力就並非無法破壞。

艾莉像要證實愛麗絲的推測般表示：

「現在九十九層西側外牆的天命損耗了十一%。雖然進行自動修復當中，但中央聖堂的神聖力收集量不足，因此追不上損耗速度。」

「四次的攻擊大約十%……這就表示，還能撐三十六次嗎？」

愛麗絲立刻一邊心算一邊這麼詢問，但艾莉立刻就搖了搖頭。

「很遺憾，外牆的損傷越是嚴重，心念兵器的覆蓋效果就越強。我想再過十次攻擊左右就會遭到破壞了。」

這句話還沒說完，就傳出第五次的巨大爆炸聲。

狀況雖然危險，但還有另一件讓人在意的事情。

賽魯卡像是有著同樣的想法般抬頭看著天花板說：

「……九十九層遭到攻擊是偶然嗎……？」

「不，我想襲擊者的目標是遭到封印的整合騎士團。」

如此回答的艾莉聲音聽起來極為冷靜，不過愛麗絲還是注意到她的臉頰附近有些緊繃。

也難怪她會這樣。因為現在幾乎沒有人知道過去的整合騎士們沉睡在中央聖堂的第九十九層。

但是艾莉沒有表現出更多的感情，只是繼續操作著視窗。

隨即又有新的視窗打開。映照出來的似乎是從南方往下看的央都聖托利亞全景。聳立在市街區中央的白色大理石塔，西面的最上層籠罩在鮮豔的紅色火焰中。燃燒的不是外牆而是附著在上面的爆發物殘渣吧，不過從地面上的話，看起來絕對像是中央聖堂失火了。

雖然已經過了午夜十二點，但市街區四處有強力探照燈照射著夜空，好幾台車頂閃爍紅色旋轉燈的機車到處奔馳。但聖托利亞衛士們裝備的電擊劍，無法擊落停留在五百梅爾以上高空的機龍。

話說回來，北聖托利亞應該有宇宙軍的基地才對。應該負責防空的他們在做什麼呢？當愛麗絲這麼想時，影像擴大了畫面深處的一點。

橫跨北聖托利亞郊外，水面一片漆黑的諾魯基亞湖。從湖泊繼續往北方，兩百年前曾是諾蘭卡魯斯皇帝家直屬領地的地點可以看到複數的光點在晃動。畫面不斷靠近該處。

「啊……！」

停止擴大的瞬間，羅妮耶就像喘氣般叫了起來。

那不是光點。是火焰。並排著幾棟長方形建築物的設施，各處都冒出猛烈的火焰。聳立在深處的巨大四角錐狀構造物——

「宇宙軍基地……」

愛麗絲剛這麼呢喃的瞬間，緹潔就像彈起來般挺直背桿。

「不行……！絲緹卡與羅蘭涅還在基地裡！艾莉，影像不能再擴大一點嗎？」

「緹潔大人，很抱歉。」

聽見提問的艾莉迅速搖了搖頭。

「這個遠距影像盤使用的術式，沒辦法將視點離開聖托利亞市街上空。我現在試著調整明亮度。」

迅速敲打操縱盤後，視窗中的夜景就一點一點變亮。最後露出飄浮在基地正上方的不祥黑影。那絕對是跟攻擊中央聖堂的三架同型的大型機龍不會錯了。

機龍只是停留在空中，但基地的各處到現在仍出現小規模的爆炸。看來這個瞬間，敵人的士兵似乎仍跟宇宙軍的衛士與機士進行肉搏戰。如此一來，以絲緹卡與羅蘭涅的個性，實在不認為她們會躲藏在安全的地方。

映照在其他視窗裡的其他三架機龍，開始進行第六次的飛彈齊射。

宛如雷鳴的爆炸聲響起，在羅妮耶懷中的納茲嚇得縮起身體。

還剩下八次，第九十九層的牆壁就會被破壞。沒時間把石化的法那提歐他們搬到下面的樓層了。

「……我去停止對中央聖堂的攻擊。」

愛麗絲觸碰著掛在左腰的金木樨之劍，如此宣言。

已經在伴星亞多米娜證實過，使用武裝完全支配術的話可以擊落那種黑色的大型機龍。

但三架機龍目前停留在西聖托利亞市街區的上空。墜落的話，不知道會造成市民多大的犧牲。

給予不至於墜落的損傷對方或許就會撤退了，但攻擊無法從這個第九十五層擊中在將近一基洛爾外的機龍。得想辦法靠近到武裝完全支配術的射程距離內才行。

雖然澤法十三型就坐鎮在眼前，但受到強烈損傷的它目前無法飛行，何況愛麗絲本來就無法操縱了。過去共同在空中奔馳的愛龍雨緣，現在仍是一顆蛋。

咬緊嘴唇，胡亂環視著周圍的愛麗絲，視線被樓層的一角吸引過去。

她急忙回頭，準備對艾莉搭話——

這個剎那。

視窗中的大型機龍出現了跟之前完全不同的行動。

正中央那一架的上面發出白光。愛麗絲心想可能是新的攻擊而提高警覺，不過光線是往上延伸。

最後光線裡出現一道巨大的人影。

半透明的人影並非實體，雖然不清楚構造，不過似乎是立體的投射影像。一開始朦朧的人影瞬間變得清晰，最後形成一個男人的立像。

男人身穿高領且有兩排釦子的大衣。肩膀上有裝飾用吊穗的肩章，左胸則別著幾個動章。

堅挺眉弓與鼻梁形成銳利的容貌，明明是影像雙瞳裡的光芒卻冰冷到讓人打冷顫。光從外表來判斷，年齡大約是四十歲左右。

留著一小撮鬍子的嘴唇動了起來，隨即傳出清朗的聲音。

「對央都聖托利亞以及四帝國的所有居民宣告。朕是皇帝亞固馬爾・威斯達拉斯六世。全人界的正統統治者。」

應該是用某種術式或者裝置來增幅了吧。男人的聲音貫穿中央聖堂的外牆，直接飛進愛麗絲的耳朵裡。

亞固馬爾・威斯達拉斯。這個名字還殘留在記憶裡。

愛麗絲身為整合騎士統轄聖托利亞四個市區時的西皇帝是阿魯達列斯・威斯達拉斯五世。而他的父親應該是叫做亞固馬爾・威斯達拉斯五世才對。

過去分割人界全土加以支配的四皇帝家，初代皇帝或者被稱為太祖的初代皇帝的父親，名字都被神格化，聽說第一皇子一定會被賜予其中一個姓名。至少可以知道的是，立像的男人自稱的亞固馬爾六世是按照這個命名規範，但也不能就此確定他真的是威斯達拉斯皇帝家的末裔。

在愛麗絲、賽魯卡、羅妮耶、緹潔以及艾莉無聲的凝視之下，不知是否為偶然，當男人的視線與影像盤筆直對上後，就以充滿威嚴的聲音宣告：

「不當占據中央聖堂封印階層的人們啊。應該理解我方機龍的攻擊能力了吧。接下來將給你們十分鐘的時間。在時間內開放所有防禦壁，並表達恭順之意。否則我方將把封印階層破壞殆盡。」

11

回到伙伴們等待的南方河岸邊，光是要說明事情的經過就花了整整三十分鐘。

我才剛閉上嘴，克萊因就大大地攤開雙手。

「喂喂，這樣不會太寬宏大量了嗎？」

其他的伙伴也都表達反對的意見。

「桐人，那些傢伙擄走了結衣喔。不論有什麼樣的理由，都沒辦法跟那樣的傢伙建立起信賴關係吧！」

莉茲貝特毫不隱藏憤怒的心情直接這麼大叫。

「說起來呢，幫忙終焉組對我們實在沒什麼好處吧？他們提出的只有停戰協定對吧。而且那也只是口頭上的約定。」

詩乃也冷靜地這麼批判。

眾人的反對意見都相當有道理。終焉組請我們幫忙的是帶著結衣前往西部森林地帶，然後把他們說的話翻譯給ＮＰＣ聽。由於跟ＮＰＣ已經完全處於敵對狀態，所以對方可能不分青紅皂白就發動攻擊，也可能無法從據說是百發百中的箭矢底下逃走而死亡。

甘冒如此危險的代價只有「終焉組與ALO組在第二層期間不互相攻擊」這種具時效性的停戰協定。雖然奧托還說了「目前只能提出這個條件，我會跟卡斯柏討論能不能提供更具體的謝禮」，但口氣聽起來應該無法有太多的期待。

我聽見他們的提案時，內心也想：「再多一個……不對，兩個好處！」。不過以戰力差來看停戰協定對於ALO組的好處比較大，不過終焉組的攻略路線與我們的差了以百公里為單位的距離。原本在第二層終點之前應該都不會接觸，所以說停戰也實在無法打動人心。

考量到事情的經過，這是可以不理會Masaru的提議，當場將他們全部格殺也無妨的狀況。即使如此我還是回答「跟伙伴們商量」並且釋放了四個人，並非因為他們為了被抓的同伴而移動了數百公里。是因為他們提到的NPC，其種族名讓我受到足以屏住呼吸的衝擊。

我跟依然抱著結衣的亞絲娜交換了一個眼神後，就對伙伴們表示：

「我知道大家都無法接受，我也認為應該無視終焉組的麻煩，專心於自己的攻略。但是……這是我跟亞絲娜的私事，我們想了解終焉組接觸到的NPC。」

「NPC……嗎？」

在露出狐疑表情的西莉卡兩側，霍格與莉法也感到疑惑般眨著眼睛。

「嗯。」

我點點頭後就開始說明原因。

「……我跟亞絲娜在舊ＳＡＯ進行了名為『精靈戰爭活動任務』的大長篇連續任務。它的內容是選擇幫忙森林精靈或者黑暗精靈收集關鍵道具……森林精靈的種族名是『卡雷斯・歐』。而黑暗精靈的種族名是『留斯拉』。」

在敘述期間各式各樣的回憶又湧上心頭，我只能拚命壓抑下來繼續說道：

「這次襲擊終焉組的ＮＰＣ也是黑暗精靈，然後好像自稱是留斯拉。我不認為這是偶然。這個Unital ring世界跟舊ＳＡＯ的艾恩葛朗特有關聯的話，我無論如何都想知道詳細內情。」

即使我閉上嘴巴，眾人還是沉默了好一陣子。

最後亞魯戈在結束對薩利翁與西西的同步口譯後，輕輕從拿來當成椅子的岩石上站了起來。

「桐仔，那是出於單純的好奇心嗎？還是認為找出ＮＰＣ的種族名相同的理由對於攻略Unital ring有所幫助哩？」

話一說完，就以像是看透一切般的眼睛持續盯著我看。

不對，她確實看透一切了吧。亞魯戈也是生還伙伴中唯一從艾恩葛朗特的低樓層就持續跟我還有亞絲娜接觸的對象。同時也幫忙了精靈戰爭任務，而且在過程中與「她」見過面。

所以應該注意到我跟亞絲娜無法無視留斯拉這個單字的另一個理由了。

但是亞魯戈沒有把理由說出口，我從正面接受她觀測我有多少覺悟的視線並回答：

「我覺得有幫助。因為這個世界能從NPC那裡獲得的情報相當重要。聽說沒有帕特魯族的情報的話就無法打倒Gilnaris Hornet，第三層也很可能出現同樣的情形。」

「但是啊，我們基本上是要從這個南方路線朝第三層前進吧？我們這邊也會有NPC，只要跟他們打好關係就可以了吧？」

霍格也點頭同意弗利司柯爾提出的意見。

「我也這麼認為。說起來，讓終焉組維持跟那些黑暗精靈的敵對關係，對我們來說才有好處吧。」

「嗯，是沒錯。但是……舊SAO的黑暗精靈與森林精靈在所有NPC中也是以擁有突出的文明水準為傲。如果這個世界的黑暗精靈也沿襲了舊SAO的設定，那麼不只有攻略所需要的情報，應該也擁有最高等級的生產技能或者魔法技能才對。能夠獲得他們傳授這些技能的話，就能大幅提升戰力。」

這些話可以說出於真心，但不是全部的真心話。

之所以沒有說出「她」——留斯拉王國的近衛騎士基滋梅爾的名字，是因為害怕說明變得太複雜的話，現在我跟亞絲娜感覺到的霞氣般飄渺希望會就此獲得實體。三年半前好不容易才接受失去的悲傷，現在要再次體驗實在太痛苦了……

「嗯～～～就算你這麼說還是很讓人猶豫……」

雙手環抱胸前的霍格發出沉吟聲。他身旁的弗利司柯爾也在胸前交叉雙臂。

「就是說啊。西側的森林路線雖然很難前進但有機會獲得強力武器與魔法，南側的草原路線雖然容易攻略但只能入手普通的東西，如果是像這樣來維持遊戲的平衡度——那麼先從西邊的精靈那裡得到各種東西再從南邊的草原前進確實是最棒的方法嗎……」

「Hmm,will it work that well?」（嗯……事情會這麼順利嗎）

薩利翁以簡單易懂的英文提出疑問後，其他同伴也一起發出「嗯……」的聲音。

我瞥了一眼顯示的時間，啪一聲拍了一下手。

「各位，抱歉把這麼麻煩的事情帶到這裡來。已經跟終焉組說明天中午前會給他們回答，所以還是跟其他同伴商量後再決定吧。那麼……今晚想再推進一些距離，不過在那之前，要不要在那邊建立據點？」

我所指的是河川對岸能見到的小規模廢墟。原本是終焉組的Masaru為了綁架結衣而長時間潛伏的地點，因此可以保證不會湧出危險的怪物。

再次靠著阿蜥的力量，這次由我打前鋒來輪流過河，接著開始探索廢墟。有大有小的三間廢屋過去可能是用來監視橋梁用的警備室或者士兵的看守所，但大部分的屋頂與一半的牆壁都已經崩塌，所以已經失去原來的用途了。

即使如此，還是找到幾把生鏽的長劍、短劍以及壞掉的防具、黯淡的錢幣等物品，於是把它們全部回收。接著用手邊的圓木與板材等修補最大的——說是如此，其實跟我們的圓木屋差不多——廢屋，將其改造成簡易的基地。

確保安全後，霍格再次做出休息上廁所的指示，這次我也先下線了。坐在不造成阻礙的地點，打開環形選單並且按下登出鍵。

在「將切斷與『Unital ring』的連線」這樣的系統訊息之後，身體下方就浮起七彩圓環。當圓環包圍我的虛擬角色的瞬間，七彩流線就覆蓋整個視界。

像是落下也像是浮起的感覺。角色的五感被切斷，感覺比虛擬世界略強一些的現實重力壓到身體上。

「……呼……」

輕吐一口氣後撐起上半身，接著把AmuSphere從頭上拿下來。

由於潛行時忘記打開夜燈，所以房間是一片黑暗。尋找照明遙控器時，注意到放在邊桌上的手機閃爍著通知燈。

拿起手機點亮畫面後，顯示唯一一條新的訊息。僅僅一分鐘前似乎有電話撥進來。對方的姓名是——愛麗絲。

心裡想著「她從Underworld回來了嗎」並準備回撥時，手機開始微微震動。愛麗絲再次打電話來了。

滑過接聽鍵後把手機貼在耳朵旁。

「愛麗絲，辛苦了。跟賽魯卡……」

在問出「聊很久嗎」之前，就傳來迫不及待般的聲音。

「桐人，現在立刻到ＲＡＴＨ來！」

「咦……怎……怎麼了？」

「地底世界出大事了！我也馬上要回去，但需要你跟亞絲娜的力量！」

說發生大事，究竟是怎麼了——我把這樣的問題吞了回去。因為愛麗絲的聲音就跟最高司祭亞多米尼史特蕾達戰鬥時同樣急迫，如實地傳遞出真的是分秒必爭的緊急情況。

「知道了。跟亞絲娜聯絡之後，會盡快潛行到Underworld。」

我一這麼宣告，愛麗絲也以最快速度回應：

「拜託了。在那之前，我會想辦法守住中央聖堂。」

「噗滋」一聲，電話掛斷了。

「守住中央聖堂」這句話更加讓人感覺到情況絕不樂觀，我壓抑下急躁的心情再次戴上AmuSphere。一潛行到Unital ring就把愛麗絲的話傳達給附近的亞絲娜與結衣知道。接著朝在室內各處談話的伙伴們大叫：

「抱歉，我跟亞絲娜有急事。在正式要開始攻略前真的很不好意思，除了結衣外，可以再麻煩兩個人幫忙保護我們的角色嗎？」

「喂喂，桐字頭的老大，這種時間還有什麼急事……」

話說到一半的克萊因像是察覺到什麼般閉上嘴巴，接著又立刻表示：

「……知道了，我會好好保護你們的。」

「抱歉，拜託了！」

對伙伴們深深低下頭後，我就跟亞絲娜同時登出了。

不等待平衡感恢復就拿下AmuSphere站起來。為了跟亞絲娜與伙伴傳達狀況，已經花了將近兩分鐘的時間。

從我在埼玉縣川越市的家要到東京都港區的RATH六本木分部，就算現在立刻叫計程車也得花上一個小時。

但是我沒有看向手機，而是朝著堆在房間角落的兩個大紙箱跑去。

12

從大約兩分鐘的登出回來的愛麗絲，一睜開眼睛就對賽魯卡問道：

「還剩下多少寬限時間？」

「七分鐘喔，姊姊。跟桐人聯絡上了嗎？」

「嗯，跟他說……盡快趕過來了……」

愛麗絲對露出放心表情的賽魯卡與緹潔、羅妮耶宣告嚴酷的現實。

「……從現實世界桐人住的地方到放有能夠轉移到Underworld的設備的地方，直線距離也有三十公里以上。大概光是移動就得花一個小時以上。」

「桐人學長的家……」

羅妮耶只在一瞬間將視線在空中游移，但立刻就正色表示：

「一個小時嗎——但是，不可能老是只倚靠桐人學長。」

「一點都沒錯。現在應該是我們展現身為騎士與術師矜持的時刻了。」

緹潔與賽魯卡也用力點頭。

在視窗當中，三架大型機龍持續把機首朝向中央聖堂。自稱亞固馬爾．威斯達拉斯六世的男人立像雖然已經消失，但寬限時間結束前絕對還會出現，對我方提出最後通告吧。

「剩下六分鐘喔。」

賽魯卡的聲音讓愛麗絲用力吸了一口氣然後吐出。

在這種狀況下，桐人抵達前的一個小時就像永遠一樣漫長。但在那之前，待在這裡的五個人必須保護中央聖堂——尤其是在第九十九層沉睡的騎士們。

愛麗絲一握住愛劍的劍鞘，緹潔也把手放到掛在騎士服左腰旁的細長長劍柄頭並大喊：

「愛麗絲大人，我們也要戰鬥！」

「謝謝妳，緹潔小姐。但那個只能兩個人搭乘。」

如此回答的愛麗絲看向在角落進行整備作業的艾莉。愛麗絲登出前拆下的扶手與踏板現在已經慢慢裝回去了，看來作業就快要結束。

「但是……」

緹潔仍然不願放棄，這時愛麗絲把右手放到她的左肩上。

「緹潔小姐與羅妮耶小姐還有其他任務。打開東側的防壁後，趁我吸引敵人的注意力期間，希望妳們前去救援宇宙軍基地。妳們兩位都能使用風素飛行術吧？」

「是、是的。不過沒辦法像桐人學長那樣自由自在地飛行，還會發出狂風般的聲響……」

「沒關係，這個高度的話光是滑翔也能抵達，而且聲音應該會混雜在大型機龍的機關驅動聲裡面。」

「……了解了。基地的救援就交給我們吧！」

羅妮耶也跟緹潔一樣行了只用右手的簡式騎士禮。

「拜託了。但別太勉強喔。」

愛麗絲也回完禮後就轉向賽魯卡。

「賽魯卡，也有兩件事希望請妳幫忙。」

把臉靠過去，快速傳達完指示的同時，樓層西北的角落就傳來艾莉的聲音。

「愛麗絲大人，準備好了。」

「謝謝妳，艾莉。」

這樣能做的就全都做了。再來就只剩下拚死戰鬥了。

解開右腰上的腰包，把它遞給賽魯卡。

「最後還有一件事。賽魯卡，可以幫我保管這個嗎？這是非常重要的東西。」

「是可以……不過姊姊，這裡面是什麼？」

「把在盧利特村跟賽魯卡相處融洽的飛龍雨緣，還有她的哥哥瀧刳還原到出生前狀態的蛋喔。將這兩個孩子孵化並且養大就是我的另一個目的。」

「雨緣的蛋……」

一瞬間瞪大眼睛的賽魯卡，雙手靜靜地把腰包抱在胸前。

「交給我吧，姊姊。不論發生什麼事我都會保護牠們。」

「拜託妳了。」

輕輕觸碰妹妹的雙肩，接著往後退一步。

顯示於依然飄浮在空中的視窗群之一的剩餘時間不到四分鐘了。機龍編隊雖然沒有動靜，但能強烈地感覺到持續被心念兵器瞄準。

對三個人點點頭，愛麗絲便轉身邁開腳步。

左手依然放在金木樨之劍上，右手則撫摸著著裝在腰包下方的一綑鞭子。那是在大門防衛戰喪命的整合騎士艾爾多利耶・辛賽西斯・薩提汪的遺物，神器「霜鱗鞭」。愛麗絲雖然無法活用，但感覺光是掛在腰間就會賦予自己力量。

繞過坐鎮在樓層中央的澤法十三型往西北角移動。在那裡的艾莉正好鎖完最後一顆螺絲。她站了起來，邊把螺絲起子放回工具箱邊說：

「檢查保養全部結束了。隨時可以出發，愛麗絲大人。」

「謝謝妳，艾莉。雖然會很恐怖……但我絕對不會讓妳受到任何傷害。」

「別擔心，愛麗絲大人。不用在意我，請集中精神在敵人身上吧。」

立刻這麼回答的艾莉，臉上感覺不到一絲恐懼。

即使到了現在，愛麗絲心中還是對她仍是中央聖堂升降員的時期印象比較深刻，不過艾莉在那之後就任為機龍製造工廠的初代工廠長。那樣的話應該曾多次親自操縱機龍，或許也曾參加過實戰。在這種狀況之下，確實不用過度擔心她的安危。

注意到這一點的愛麗絲，一瞬間微笑了一下後就表示：

「那就恭敬不如從命了……我們走吧。」

「好的。」

點頭的艾莉以右手催促愛麗絲。

放置在前方的是直徑一．五梅爾的全金屬製圓盤。周圍設置了扶手，下部則裝設了兩個連結在一起的密封罐與許多噴射口。這就是桐人替艾莉開發的「飛翔盤」。

愛麗絲從距離地板三十限高左右的地方跳上踏板，就把手借給艾莉然後把她拉上去。

愛麗絲站在前方，艾莉站在後方，兩人都緊握住扶手。

剩下三分鐘。

「賽魯卡，拜託妳了！」

在愛麗絲的大聲指示下，待在視窗群前待機的賽魯卡就回答「好的！」並觸碰一面視窗。

「轟轟轟……」的沉重聲音響起，眼前的防禦壁朝上下方打開。花了十秒左右完全打開的瞬間，艾莉就做出「要出發了」的宣言。

在沒有任何詠唱之下，下部的噴射口噴出高壓空氣，讓飛翔盤輕輕浮了起來。直接往前方移動，從開口部滑到中央聖堂外面。由於一直待在開著暖氣的塔內，十二月的夜風雖然讓肌膚冰到像是快要凍結一樣，不過不會覺得冷。

艾莉一口氣讓升降盤上升到九十九層的高度。

從近處一看之下，果然白色大理石的外牆上出現許多凹陷與裂痕。原本應該能靠自動修復力迅速恢復原狀，但停止攻擊已經過了七分鐘以上仍幾乎沒有修復，完全是因為受到心念兵器「覆蓋效果」的影響。

在看見慘不忍睹的傷痕當中，愛麗絲感覺到有一股連自己都感到意外的怒氣湧出。雖然沒有自覺，但自己似乎對於短短人生有大半時間在此度過的中央聖堂有了一些感情。

她改變身體的方向，正對著三架大型機龍。

下一刻，就像是在等待她一般，中央的機龍從背面發出幾道白色光芒。

光芒聚集在一起後連結成精細的影像，最後形成高度看來有二十梅爾以上的立像。自稱皇帝亞固馬爾·威斯達拉斯六世的脅迫者，以傲慢的視線睥睨愛麗絲她們一陣子，然後緩緩開口說道：

「不正當的占據者啊。乞求朕的慈悲並且發誓恭順的話，就把劍丟掉。」

愛麗絲用全身承受著隆隆響起的聲音。

眼睛下方的西聖托利亞市街上可以聽見數道警笛響起，應急車輛往來於道路上。大路旁的步道上勉強能看到穿著睡衣仰頭看著天空的人們。看來市民的避難行動幾乎沒有進展。果然沒辦法讓機龍墜落到下面。

亞固馬爾藉由讓三架機龍飄浮在市街區上空把自己宣稱擁有支配權的國民當成人質。這樣的男人沒有資格自稱皇帝。

正如事先的計畫，背後的艾莉迅速詠唱起術式。愛麗絲眼前出現晶素薄膜，其周圍的空氣呈漏斗狀捲動。這是為了將聲音傳向遠方的「廣域擴聲術」。

把冰冷夜風吸進身體深處後，愛麗絲就握住金木樨之劍的劍柄，然後一口氣把它抽出。把星光照耀下閃閃發亮的愛劍筆直地舉到頭上——

「吾名愛麗絲……公理教會整合騎士愛麗絲・辛賽西斯・薩提！」

刻意提到現在已經不存在的公理教會後，就把愛劍的劍尖迅速朝立體影像的臉揮落。

或許這是出乎意料的反應吧，愛麗絲瞪著微微張大眼睛的亞固馬爾，高聲如此宣布：

「不論自稱亞固馬爾．威斯達拉斯六世的你是真正的皇帝家後裔，或者只是傲慢的僭稱者，都不允許違背整合騎士的發言！我命令你現在立刻將機龍降落到中央聖堂市區外，同時停止對宇宙軍基地的攻擊，帶領全體士兵一起投降！」

這時不只是三架機龍，應該連廣範圍的聖托利亞市街區都聽見藉由術式增幅的聲音了吧。

根據賽魯卡她們的說明，異界戰爭之後發生的「四帝國大亂」，是以當時的皇帝們發出勒令表示人界統一會議為對抗公理教會的反叛者作為開端。也就是說皇帝們只是反對統一會議，並非否定公理教會的權威。

如此一來，自稱西皇帝末裔的亞固馬爾應該也無法反抗公理教會的威名吧——但這樣的一縷希望也立刻遭到背叛。

「小女孩，妳才是僭稱者。公理教會早在兩百年前就遭到廢絕，騎士們全都死亡了。只有愚蠢的幼童會相信整合騎士團受到封印，將來有一天會甦醒這種神話故事。妳不過是隱居在中央聖堂封印樓層的鼠輩。再給妳一次機會。丟下劍，在那個像飛蟲般的飛行器具上跪下！否則將會被朕之機龍的烈火燒至灰飛煙滅！」

亞固馬爾舉起右手，像要把愛麗絲的劍推回去一樣以手指指著她，丟出這麼一串話。

原本以為飛翔盤被稱為飛蟲，就連艾莉應該也會生氣吧，結果背後傳來的聲音卻依然冷靜。

「愛麗絲大人，我認為剛才那段話的對象不是愛麗絲大人，而是麾下的士兵，目的是為了抑制他們的動搖。剛才的攻擊，目標絕對是石化凍結中的諸位騎士大人，也就是說應該判斷那個男人正如剛才所預測的，早就知道過去的整合騎士團封印在第九十九層這件事。」

「嗯，確實是這樣。」

為了不讓廣域擴聲術將聲音擴大而以呢喃聲回答後，愛麗絲就稍微舉起金木樨之劍，再次把它對準亞固馬爾的影像同時大叫：

「——就以神器金木樨之劍來證明我是整合騎士愛麗絲！想發射噴進彈就儘管發射吧！從現在這個瞬間開始，我不會讓任何一發噴進彈擊中中央聖堂！」

「那就跟那把劍一起變成黑炭吧！」

亞固馬爾舉起右手，接著往前揮落。

三架機龍的機翼下方同時發射出三發飛彈。

13

「喝啊啊啊啊啊——！」

整合機士絲緹卡．休特里涅隨著撕裂空氣的喊叫往地板踢去。

架在腰間的長劍帶著藍白色光芒。這是諾魯基亞流劍術的祕奧義「水輪斬」。看不見的力量讓絲緹卡的突進更為加速，一口氣縮短與敵人之間的距離。

祕奧義雖然能讓斬擊的威力與速度產生飛躍性的上升，但擊中瞄準的目標也會變得困難。即使如此絲緹卡還是稍微扭動身體來微調軌道，將橫掃出去的斬擊轟向敵人身上金屬防具看起來裝甲比較薄的左側腹。

傳出「咚喀！」的沉悶聲響。裝甲碎裂，劍尖陷入底下的身軀十限以上。但是沒有砍斷生物肉體或骨頭的感覺，反而是宛如砍中濕濡砂塊般的異樣手感從劍上傳遞過來。

「沙啊啊啊！」

敵人以完全感覺不到傷口疼痛般的聲音吼叫後，高高舉起像是厚實柴刀般的武器。

「嗚……」

拚命飛退的瞬間，柴刀就痛擊前一刻絲緹卡還站在那裡的地點，把石材地磚打成碎片。

「絲緹，沒事吧？」

羅蘭涅的聲音從後面飛至，不過她正跟其他的敵人對峙，所以無法指望她能提供援護。

「我不要緊！」

絲緹卡一邊回答邊拉開距離，接著又這麼大叫：

「但這傢伙，好像怎麼砍都沒用！」

「這邊也是……！」

羅蘭涅的回答裡也參雜著焦躁感。

兩人戰鬥的敵人明顯不是亞人。

明明是極度前傾的姿勢，身高卻還有一百八十限左右。胴體與雙臂特別細長，腳則是又粗又短。身上穿著像把金屬板連結起來般的防具，頭上則戴著圓滾滾的頭盔。往前方突出的蒙面部分開了多達四個眼睛用的孔洞，底下的眼球似乎發出暗紅色光芒。外露的皮膚是接近黑色的灰色。

據說卡爾迪娜的蠻荒大陸棲息著許多異形的生物，但連騎士團的圖鑑裡都沒有記錄這種形狀的生物。

「咻嗚……」

怪物發出非人的聲音並且靠近。絲緹卡全力使出的祕奧義造成的傷口不停滴下黏稠的黑色液體，不過幾秒鐘後就停止了。

這些怪物襲擊宇宙軍基地是短短十分鐘前發生的事。

絲緹卡與羅蘭涅專心地在機士專用宿舍三樓兩人共用的房間裡討論今天發生的事情。光是能踏入百年前封鎖的中央聖堂上層就已經是值得感到驚愕的體驗了，結果還目擊澤法十三型星王專用機、在傳說中的大浴場裡泡澡，甚至跟身為休特里涅家與阿拉貝魯家高祖的整合騎士緹潔·休特里涅·薩提茲與羅妮耶·阿拉貝魯·薩提斯里邂逅。

先祖大人們參加了對於絲緹卡她們來說是歷史事件的異界戰爭與四帝國大亂，因此有許多想問與想說的事情。但因為哈連茲機士團長不同意延長外出許可證的有效期限，沒辦法的兩個人只好回到基地，只是即使過了晚上十點的熄燈時間還是完全睡不著，沒有換下制服就開始聊起天來時，就連續有爆炸聲響徹整座基地。

急忙飛奔到窗戶旁，就看見從基地南側的宇宙軍機龍機庫噴出巨大的火焰。

地底世界宇宙軍存在洋蘭中隊、銀蓮花中隊、金盞花中隊以及大麗菊中隊等四個飛行中隊，含預備機在內各自配備了十六架的提拉六型機龍。爆炸火焰從四隊所有機庫升起，直覺這明顯不是事故而是攻擊的兩人連忙往西側的窗戶移動。

從那個窗戶可以看到鄰接機士團宿舍的宇宙軍司令部本廳舍。由於機士團飛行隊的藍玫瑰中隊機庫位於本廳舍的一樓，原本還擔心機士團停放在該處的基尼斯七型也遭受到攻擊，幸好沒有看到火焰升起。

相對地，兩人見到的是數十道衝破建築物正面玻璃門闖進去的異形影子。據說由星王本人設計的本廳舍，明明具備在危急時能用裝甲板擋住所有脆弱地點的機能，但是卻沒有啟動。

就算是這樣，基地還是被高四梅爾的堅固圍牆包圍，也有負責警備的衛士。在入侵到如此中心部之前，為什麼警報沒有響呢……這麼想的絲緹卡咬緊牙關後，隨即被羅蘭涅抓住手臂，指著相反方向的夜空。

靠近本廳舍的正上方，一艘大型機龍正滯空飛翔當中。被從機庫上升的紅色火焰照耀出的漆黑裝甲，以及像是神聖文字V的形狀，就跟桐人與耶歐萊茵在伴星亞多米娜發現的大型機龍一模一樣。

絕對是那架黑色機龍轟炸機庫，對本廳舍投下異形的士兵。但如果是以讓宇宙軍與機士團無力化為目的，為什麼不在本廳舍也投下炸彈呢……先是這麼想，但馬上就了解了。理由不是有不能破壞且必須獲得的物品，就是有不能殺害且想要捕獲的人。

如此一來，大概是後者吧。然後那個人一定是哈連茲機士團長。

注意到這一點的同時，宿舍內的警報器就猛烈響起，牆壁上的傳聲器傳出副團長的聲音。

——全整合機士武裝後前往本廳舍。最優先目標為確保哈連茲機士團長的安全，第二目標為排除入侵的敵方生物。團長在七樓辦公室或是寢室的可能性很高。不用等待下一個指令，還能行動者各自展開行動。

幸好還沒有換衣服，絲緹卡與羅蘭涅一從牆上的劍架取下機士團的制式劍就從房間衝了出去。不是前往宿舍一樓玄關，而是打開三樓走廊盡頭的窗戶，以風素跳躍術在空中奔跑。雖然遠遠不及過去有幾名整合騎士擅長的風素飛行術，但每一步都在腳底解放風素，利用其壓力來跳躍，勉強可以在空中移動三十梅爾左右。

兩人抵達司令部的三樓後，趁著裝甲板沒有放下直接打破窗戶，然後衝進通道。

跑上無人的逃生梯，來到機士團長寢室所在的七樓，僅僅在通道上跑了十梅爾時。兩隻敵方生物從前進方向的轉角出現擋住了通道，沒辦法的兩人只能拔出劍來——事情就是這樣。

大約兩分鐘的戰鬥裡，絲緹卡包含祕奧義在內的斬擊已經砍中對方三次，但不要說倒下了，敵人連疼痛的模樣都沒露出來。兩人的長劍在軍隊制式採用的個人武器中已經具備最高等級的優先度，祕奧義的威力也絕對不容小覷。即使如此還是無法停止敵人的動作，只能判斷敵人的耐久力在數值與屬性上都是超乎常理。

幸好敵人的動作不是太快，目前仍能夠閃躲牠們的攻擊，但只要被厚重的柴刀直接擊中一次就會身負重傷，不小心被擊中要害的話也可能立刻死亡。戰鬥時間拖得越長，遭受攻擊的機率也會上升，何況最優先目標不是擊敗敵人而是確保機士團長的安全。

與辦公室連結在一起的團長寢室位於這條通道前方往右轉後的盡頭。首先得抵達該處才行。

「羅蘭，想辦法把這些傢伙集中在一個地方！」

「先把那個辦法想出來再開口好嗎？」

即使嘴裡如此抱怨，羅蘭涅還是立刻做出指示。

「絲緹，同時繞過那邊的敵人從背後穿越吧！一、零！」

——至少從三開始數吧！

沒有時間這麼抱怨回去，絲緹卡直接朝地板踢去。敵人有所反應，高高舉起柴刀。壓抑下恐懼後衝進其正下方。

雖然勉強躲過「呼」一聲往下揮落的柴刀，但上衣衣襬碰到刀刃，光是這樣就像是紙片一樣遭到撕裂。機士團的制服雖然柔軟，但對於斬擊與術式有很高的抗性。能夠如此容易就把它砍斷，表示柴刀本身的優先度也絕對不簡單。

穿越敵人的左側後，絲緹卡直接與對方拉開距離。但是從右側穿越的羅蘭涅卻在敵人背後不自然地緊急減速。她發動了祕奧義。

「哦……哦哦哦哦！」

隨著吼叫連同身體一起旋轉以兩手橫擺的劍。畫出鮮紅弧形的水平斬猛烈擊打逐漸轉身的敵人側腹，將其轟飛到走廊深處。

巴魯提歐流祕奧義「逆浪」。劍技的軌道雖然類似「水輪斬」，但需要蓄力，威力也因此而大多了。

休特里涅家代代相傳的這個招式，雖然是絲緹卡傳授給羅蘭涅，但她不知道什麼時候已經完全學會了。只是現在沒有多餘的時間感到佩服或是懊惱。

被轟飛的敵人猛烈撞上待在深處的另一隻，疊在一起滾落到地上。絲緹卡立刻伸出雙手詠唱術式：

「System call──Generate cryogenic element！」

左手的指尖有五個。右手因為用拇指維持住劍，所以除此之外的指尖共四個。合計共九個凍素綻放出藍白色光芒。

本來在這之後還要依序詠唱變形的式句、軌道的式句、發射的式句，但敵人很快地開始起身了。於是省略程序，只大叫「去吧！」就發射凍素。

九道拖著軌跡飛出的光與敵人接觸的瞬間──

「Burst element！」

全部解放。

空氣隨著「嗶嘰！」的聲響震動，兩隻敵人染成雪白色。以凍素產生的冷空氣讓牠們全身結凍。但光是這樣只能暫時停止牠們的動作。

「喝啊啊啊啊啊啊！」

絲緹卡邊叫邊擠出所有的心念力。再次傳出摩擦般的聲響，包裹敵人的冰層隨即漸漸變厚。

在遮蔽住的訓練場之外做出這種事情的話，基地裡的心念計就會產生反應而遭到申斥，但現在沒有人會在意吧。讓冰塊巨大化到幾乎抵達天花板，確信兩隻敵人完全被封住後才終於放下雙手。

下一個瞬間，腦袋一陣暈眩而腳步踉蹌，但羅蘭涅迅速支撐住絲緹卡的背部。

「妳還撐得住吧，絲緹。」

聽見跟平常一樣的冷淡發言，回答了「那還用說嗎」後就用自己的腳站穩。考慮到敵人的膂力，強化到極限的冰牢最多也只能撐五分鐘吧。在那之前必須跟機士團長會合，然後逃離本廳舍才行。

藉由深呼吸一次回復了一些氣力後，就跟羅蘭涅互相點點頭並開始奔跑。

鋪設石頭地磚的通道在前方與寬敞的中央道路交叉。左轉的話是大階梯與升降機所在的大廳，往右則是目標的辦公室。

邊跑邊把身體傾斜到極限，往左側的牆壁一踢後衝進中央道路，下個瞬間。

「嗚……！」

絲緹卡反射性沉下腰部來緊急煞車。

前方短短十梅爾處，有新的敵方生物擋路。數量是四隻。

「呼咻嚕嚕嚕……」

注意到絲緹卡她們的其中一隻發出低吼。剩下的三隻也接連回過頭來。

異形的頭盔上打開的孔洞底下，總共十六個眼球發出紅光來瞪著兩個人。

「絲緹……」

旁邊的羅蘭涅這麼呢喃。這種時候，從幼年學校開始就一直是由絲緹卡來決定該如何行動。但現在完全想不出任何選項。

整合機士團裡，除了哈連茲機士團長之外還有四名比絲緹卡與羅蘭涅還要高等的機士。擔任副團長、飛行隊長、劍技教練、術式教練等職務的他們，絕對是使用「武裝完全支配術」與「記憶解放術」的地底世界最強劍士。

應該最快趕到現場的四個人，到底在什麼地方做些什麼呢……在心中如此遷怒後才注意到。正因為他們在底下的樓層幫忙擋住敵方生物，七樓才只有這些敵人。

沒辦法逃走了。絲緹卡她們必須想辦法解決眼前的四隻怪物。

「羅蘭，我來……」

準備說出「當誘餌妳趁機前往辦公室」的時候。

背後傳出「喀沙啊啊啊！」的巨大清脆破壞聲。

反射性回過頭的絲緹卡看見的，是大階梯所在的大廳，其正面上部的窗戶整個粉碎的光景。

停留在上空的大型機龍又投下新的敵方生物了。絲緹卡的第六感這麼告訴她，但是她錯了。在玻璃碎片閃閃飛舞當中，帶著風素漩渦降落的是穿著古風白色騎士服，左腰上掛著劍的兩名女性。一邊的頭髮是鮮豔的緋紅，另一邊則是深蘇芳色——

整合騎士緹潔·休特里涅·薩提茲與羅妮耶·阿拉貝魯·薩提斯里知道宇宙軍基地陷入危機後前來救援了。

看見無聲落到大廳地面的兩人，絲緹卡差點叫出「祖先大人！」，最後還是先閉上嘴才重新大叫著：

「……緹潔大人、羅妮耶大人！」

「妳們兩個沒事吧？」

如此回叫的緹潔，旋即解放殘留在腳邊的風素，一口氣跳躍了二十梅爾以上的距離。一在絲緹卡與羅蘭涅面前落地就立刻拔出劍來對準四隻敵方生物。

「那是……米尼翁吧。」

這麼呢喃的是跟在緹潔後面落地的羅妮耶・羅蘭涅瞪大了眼睛詢問：

「羅……羅妮耶大人，妳知道那種生物嗎？」

「嗯。再清楚也不過了。」

羅妮耶一邊點頭一邊也拔出劍來。

種名似乎是米尼翁的敵方生物雖然持續發出「咻嚕嚕……」的威嚇聲，不過似乎沒有打算靠近。簡直就像被命令擋住前往辦公室的通道一樣。如果這是事實的話，那麼敵人應該已經闖入辦公室內了。

「緹潔大人，耶歐萊茵閣下在那些傢伙後面的房間裡！」

緹潔以左手示意在焦躁感驅使下這麼大叫的絲緹卡退下。

「我知道。羅妮耶，左邊的兩隻拜託妳了。」

「了解。」

絲緹卡啞然凝視著併排站在一起，同時舉起劍來的兩名騎士背影。

既然知道名字，就應該也知道這些怪物極度異常的耐久力才對。即使如此，還想用劍同時打倒那四隻怪物嗎？

緹潔與羅妮耶以完全相同的動作把右手的劍舉到肩膀上方。

劍身發出深紅光芒。祕奧義——但絲緹卡沒看過那樣的姿勢與光芒的技巧。

四隻米尼翁對光芒產生反應，舉起手中的柴刀。

「呼咻嚕嚕嚕！」

充滿殺意的咆哮。牠們一邊散開來占據整條通道，一邊宛如怒濤般湧至。

下一刻，兩人就朝地板踢去。

以細細的長劍迎擊內側的兩隻揮落的柴刀。「太逞強了……」絲緹卡這麼想著。祕奧義雖然能讓招式的威力與速度呈飛躍性的上升，但劍本身的優先度與耐久度還是沒有改變。由於推測米尼翁的柴刀應該具備跟機士團制式劍相同程度的優先度，整個互擊的話可能被推回來，甚至可能連劍都被打斷。

但是——

緹潔與羅妮耶手中的劍綻放出與「逆浪」極為相似但更深的紅色光輝，把厚度應該有兩限的鋼鐵柴刀像玻璃板一樣輕鬆地打碎。

劍直接深深地從米尼翁的肩膀一路撕裂到胸口。但這時候外側兩隻的柴刀襲擊過來。

緹潔她們的劍發出像是機龍的熱素驅動器般的「啾啊！」一聲後彈了上來，從下方迎擊柴刀，這次依然輕鬆將其粉碎。

二連擊——緹潔雖然瞪大了眼睛，但祕奧義仍未結束。再次以無視慣性的角度與速度揮落的第三擊，無情地刨開外側米尼翁的胸口。

第四擊擊中內側的米尼翁。

第五擊是外側。第六擊是內側。

然後斜向揮落的第七擊同時撕裂兩隻，騎士的祕奧義這才結束。

以劍勢去盡姿勢靜止的兩人對面，米尼翁們大量撒下黑色血液並且被轟飛，疊在一起倒到地板上。

「七……連擊。」

旁邊的羅蘭涅發出沙啞的聲音。

絲緹卡也同樣感到難以置信。

繼承自整合機士團的祕奧義裡，擁有最多連擊數的是諾魯基亞流「雷閃斬・繚亂」與「水輪斬・冰雨」，兩者都是四連擊。而且獲允習得的就只有五名上級機士，絲緹卡她們今後要是不好好累積數年的經驗，可能就連最初的姿勢都不會教她們——

等等，真正令人驚訝的不是連擊的數量而是每一擊的威力。令人眼花撩亂的斬擊，應該全都比海伊・諾魯基亞流「天山烈波」沉重許多。

確認米尼翁們完全停止動作之後，絲緹卡就畏畏縮縮地對緹潔搭話道：

「那……那個，緹潔大人，剛才的祕奧義是……」

「艾恩葛朗特流『七大罪』喔。」

「艾……艾恩……？」

不論是流派名還是招式名都是第一次聽見。

明明整合機士團裡應該集合了人界中所有劍術流派的祕奧義，真的可能發生這種事情嗎……當絲緹卡感到一陣茫然時，緹潔就用力抓住了她的肩膀。

「現在最重要的是去救耶歐萊茵先生吧。」

「啊……好……好的！」

就在點完頭準備朝通道深處跑過去的時候。

被緹潔與羅妮耶的七連擊技砍中後天命應該全損的米尼翁們，屍骸突然震動了一下。

隨著「咚啪！」的沉重聲音爆炸開來，漆黑黏液形成的線往四面八方迸發。

由於有段距離所以沒有波及到四個人身上，但拖著線條飛出的黏液附著在地板與天花板後瞬間硬化，形成好幾層的網子擋住通道。

「…………！」

羅妮耶舉起右手，以無詠唱生成十個風素後，將其變成小型龍捲風往前方發射。黑色網子被旋轉的強風擊中後雖然猛烈震動，但是沒有被扯破。

「喝啊啊！」

這次換成羅蘭涅以劍擊打網子。

傳出刺耳的金屬聲，接著爆出橙色火花。絲緹卡拚命抱住連同劍一起被彈回來的羅蘭涅。

呆立在現場的四個人，其短短十梅爾前方的門後面。

微微傳出「鏗——！」的劍戟聲。

14

「Enhance armament！」

呼應愛麗絲的高呼，金木樨之劍的劍身分離成無數的花瓣。

這是今天第二次使用武裝完全支配術了。劍的天命應該尚未完全恢復才對，但也只能要它再撐一下了。

愛麗絲把像是會自己發光的閃亮微小花朵分為三群，迎擊飛過來的三發飛彈。

「喝啊啊啊啊！」

她邊叫邊揮落殘留在右手的劍柄。花瓣群就像生物一樣蠕動，朝著飛彈襲去。每一朵花瓣的直徑都未滿一限，卻具備從大小來看難以想像的重量與優先度。

感覺花瓣不斷地貫穿飛彈的外殼。下一個瞬間，三發飛彈在距離中央聖堂三百梅爾以外的空間一起爆炸。

噴出炫目的紅色混雜深藍色這種奇怪顏色的火焰，遲了一會兒抵達的爆風讓飛翔盤猛烈地搖晃起來。

「…………！」

愛麗絲用左手抓住扶手並且踏穩雙腳。

握住愛劍劍柄的右手也透過花瓣傳遞過來爆炸的反動。異樣的衝擊讓手肘到肩膀都像是麻痺了一樣。不愧是心念兵器，果然跟單純的熱素解放術不一樣。凝眼一看之下，遭到破壞的可憐花瓣正紛紛從爆炸點捲動的黑煙當中落下。

愛麗絲直覺剛才的迎擊損失了將近一成的花瓣。也就是說，再擋下九次跟剛才同樣的攻擊，金木樨之劍就會死亡。不對，考慮到心念兵器的「覆蓋效果」，極限可能會來得更早。

「小女孩，很精采的把戲。」

依然投射在機龍上部的亞固馬爾．威斯達拉斯六世影像浮現刻薄又殘酷的笑容。

「那麼朕也得有相對應的手段。接下來嘗嘗這個吧。」

亞固馬爾的右手啪嘰一聲打了一下響指，每架機龍的兩片機翼底下各出現三道，總共六道橙色光芒閃爍著。三架的話加起來就是十八——

「……愛麗絲大人。」

背後的艾莉這麼呢喃。

「閃躲吧。要是擋下這些攻擊，愛麗絲大人的劍會……」

「不行，不要動。這時候逃走的話，我將再也無法自稱騎士。」

如此回答完，愛麗絲就把右手高舉到極限。

花瓣們回應她的意志，整齊地排列成寬達三十梅爾的矩形。每一片花瓣都從宛如金木樨花的圓潤形狀「鏘哦」一聲變成銳利的模樣。

無法保證這波攻擊後就沒有飛彈了。藉由瞬間貫穿，盡可能讓花瓣在不被捲入爆炸的情況下迎擊。

亞固馬爾舉起右手，隨便往下揮落。

十八發飛彈帶著好幾道宛如飛龍咆哮般的噴射音，開始朝愛麗絲她們飛翔。

愛麗絲一瞬間把右手握著的愛劍劍柄貼到嘴唇上，然後再次舉起。

剎那間——

飛彈群像是猛烈撞上透明牆壁般，在距離整齊排列的花瓣兩百梅爾以上的前方不斷地爆炸。

每當噴出紅黑色火焰，夜空中……不對，應該說是整個空間本身就有巨大波紋擴散出去。不可思議的感覺包裹住茫然瞪大雙眼的愛麗絲全身。以前也曾經在某處感覺過的，受到絕對保護的安心感。

「滋滋嗯、滋滋嗯」的爆炸聲不絕於耳，聽起來卻異常遙遠。下意識中數著的爆炸聲來到第十八次，終於中斷的下一刻。

「久等了，愛麗絲、艾莉。」

左後方響起沉穩的聲音，愛麗絲迅速回頭。

在空中沒有任何立足點的地方飄浮著的，是貼身騎士服的兩邊腰間各掛著一把長劍的黑髮青年。愛麗絲不可能會看錯那張咧嘴露出自信笑容的臉龐。

「……桐人。」

雖然用沙啞的聲音呼喚了名字，但怎麼可能呢。愛麗絲暫時登出取得聯絡的時候，桐人絕對還在離ＲＡＴＨ六本木分部相當遙遠的自宅裡。現實世界無法使用風素飛行術，要到具備ＳＴＬ的六本木分部應該得花一個小時以上。但剛才到現在最多只經過十幾分鐘而已。

「為什麼這麼快就……？」

好不容易說出這些話，桐人便輕輕聳肩回答：

「去跟菊岡先生道謝吧。那個人把ＳＴＬＰ放在我家……不對，這種事情之後再說吧。我得去援護宇宙軍基地了。」

「但……但是，這邊該怎麼辦？」

桐人似乎想說些什麼來回答愛麗絲的問題，但在他開口之前。

一道純白色光條發出「咻啪！」一聲貫穿三人頭上的天空。

一瞬間還以為是機龍使用了光線兵器之類的東西，但方向相反了。發射的地點是中央聖堂的最上部。遭到瞄準的是中央的大型機龍。

光條淺淺射穿了機龍的表面，把影像投影裝置般的圓盤轟飛。嘴角笑容終於收斂的亞固馬爾·威斯達拉斯六世立像隨即消失得無影無蹤。

愛麗絲轉過身體，往上看著背後的中央聖堂。

可以看到一道小小的人影出現在坐鎮於九十九層上方的第一百層圓形露臺狀部分。

隨著夜風飄動的微波浪狀長髮。令人懷念的整合騎士鎧甲與披風。右手上拿著劍身像針一樣纖細的細劍。

「……法那提歐小姐。」

就像聽見愛麗絲的呢喃聲一樣，感覺——騎士舉起左手，臉上露出了微笑。

15

拉吉・克因特二級操士以左手壓住受傷的右肩，拚命地想要站起來。

但麻痺的雙腳完全不聽使喚。麻痺感不僅限於腳部，已經擴散到手臂、背部甚至是嘴巴裡。剛才淋到傷口的敵方生物血液，似乎含有某種毒性成分。

宇宙軍的講座教過這種時候的對應方法。由於大部分的毒都能用光素淨化，知道毒從哪裡入侵的話就從該處，不知道的話就自己切開手臂的皮膚，讓液化的光素直接溶入血液裡。雖然以治療術來說算是粗暴，但術式簡短也能同時回復天命，算是適合實戰的對應方法。

拉吉注意到中毒後立刻準備進行光素解毒，但那個時候舌頭已經麻痺而無法詠唱術式了。如果是戰鬥裝備的話，腰帶上就配備著裝有解毒劑的小瓶子，但今天是術式練習的日子，所以穿著平常服而沒有該裝備。

但是至少還有劍在身邊，而應該保護的人仍在戰鬥。這樣的話，哪能因為區區毒素就狼狽地在地上爬呢。

把背部靠在牆上後好不容易站起身子。

寬敞的機士團長辦公室中央，這個房間的主人耶歐萊茵，哈連茲機士團長正跟異形的敵方生物進行猛烈的戰鬥。

「疾！」

敵人以柴刀厚實的側面防禦了機士團長隨著尖銳喊叫聲使出的二連刺。然後沒有舉起柴刀直接往右橫掃出去。柴刀擦過飛退的機士團長純白襯衫胸口，把一顆釦子砍飛了出去。

如果是本來的機士團長，應該能輕鬆地迴避，或者在千鈞一髮之際避開並給予激烈的反擊吧。但是從稍早之前團長的動作就明顯逐漸變慢。

也難怪他會這樣。辦公室的牆邊已經倒著團長至今為止打倒的五隻敵方生物屍骸。敵人集團突然闖入這個房間之後，已經持續戰鬥超過十五分鐘以上的團長，疲勞的程度差不多快要到極限了。

「…………嗚……」

連咬緊牙關都辦不到的拉吉邊發出微弱低吟邊拚命移動腳步。但立刻就聽見團長傳來冷靜的聲音。

「拉吉，不要動。毒素擴散的速度會變快。」

——我的任務是保護你。

想這麼說卻發不出聲音。懊悔跟羞愧的感情化為眼淚從眼角滲出。

拉吉所出身的克因特家，是培養出在目前人界統一武術大會的前身四帝國統一武術大會獲得準優勝，之後整個職涯都擔任北聖托利亞帝立修劍學院學院長的名劍士——阿滋利卡・克因特的名門。祖父與父親都任職於宇宙軍，長男拉吉當然也以成為操士為志願。

原為二級隊士的他在隸屬的洋蘭中隊力求上進，最後努力有了成果，第三年就從隊士被任命為操士。而且從去年開始，雖然仍隸屬於洋蘭中隊，但是被拔擢為統率全軍的整合機士團候補生，每週能夠參加兩次訓練。

今天也被機士團的術式教練灌輸了大量高等神聖術理論的拉吉，在本廳舍二樓的餐廳吃完晚餐後，就快步走在通道上準備回洋蘭中隊的宿舍。結果哈連茲機士團長獨自從前方走過來，拉吉便急忙站到牆壁邊敬禮，團長回禮後對他搭話「克因特操士，可以幫我個忙嗎」。一口答應下來後，請求幫忙的內容是從本廳舍五樓的書庫搬運資料。

一起把大量的歷史書籍與地圖搬到七樓辦公室的途中，拉吉注意到機士團長看起來像是特別累。沒辦法丟下即使如此還是不打算休息，開始查起資料的機士團長，拉吉提出希望繼續幫忙的要求。

在準備食物與飲料以及搜尋各種資料當中，時間很快就超過二十三點，當拉吉開始想著「再不回去的話可能不太妙……」的時候。

機士團長突然站起來，看向辦公室的天花板呢喃著「被擺了一道……」。下一刻，接連不斷的爆炸晃動著本廳舍，拉吉原本想衝到辦公室外面，卻被機士團長制止。僅僅數十秒後，房門就被粗暴地打開，幾隻異形生物衝了進來。

拉吉當然也準備應戰，但即使砍中對方好幾次都沒有造成傷害，用上了祕奧義後才終於讓對方受了像樣的傷，但隨即遭到柴刀反擊，而且還被敵人飛濺的血液淋中。

穿著宛如鏡子般光亮靴子的某個人物通過倒在門附近的拉吉鼻子前方。往上一看之下，那是一名罩著下襬直達膝蓋下方的暗灰色外套，背上放著波浪狀漆黑頭髮的高大男性。

男人沒有被室內的幾隻異形生物攻擊，悠然經過正在激戰的機士團長身邊後，在房間深處的巨大辦公桌前轉過身並且坐了上去。

接下來的十五分鐘，機士團長成功擊敗了五隻敵方生物。只剩下目前正在跟團長對戰的一隻。但是謎樣男人仍悠然地把雙手環抱在胸前而沒有任何行動。而且嘴角甚至還露出淡淡的微笑。

雖然戴著跟外套同顏色且帶有帽沿的帽子，還是一眼就看出男人擁有令人打冷顫的美貌。單薄的嘴唇、直挺的鼻梁，往上吊的雙眸是帶著銀色的水藍色。

好像在哪裡見過……正當拉吉這麼想的時候，機士團長就隨著「喝啊！」的吼叫發動祕奧義。

以像要連同身體一起撞上去的直斬讓敵人後仰，接著是流暢地由上到下的二連斬，再全力把劍舉起使出正面的上段斬。雖然是首次實際看見，不過那應該是整合機士團長祕傳的「雷閃斬・繚亂」——

胴體被四連擊砍碎的敵方生物，發出「噗咻嗚嗚嗚！」的死前悲鳴並且被轟飛出去。雖然在空中撒下毒血，但機士團長左手一揮揚起心念之風，把血液全掃落在地。

不過下一個瞬間，團長的上半身就搖晃了一下。雖然把長劍插在地上穩住身形，但明顯已經相當疲憊。原本回到司令部時看起來就極為疲勞了，之後又持續查了兩個小時以上的資料。

謎樣男人「啪、啪」拍了兩下手。

「不愧是耶爾。明明很累了還是打倒六隻『三式米尼翁』。」

同時帶著冰冷與溫柔感覺的聲音。

聽見對方這麼說的機士團長，以指尖擦拭從面具底下流下的汗水，同時挺直背桿表示：

「你才是了不起……演出那樣精彩的逃走劇之後，遠路迢迢地來到卡爾迪娜真是辛苦了，科卡。你的頂頭上司是不是不懂得體恤下屬啊？」

雖然是帶著滿滿嘲諷的口氣，果然還是難掩疲憊之色。

話說回來，真是奇妙的對話。簡直就像機士團長與謎樣男人最近——而且是短短幾個小時前才碰過面一樣。

而且機士團長所稱呼的科卡這個名字也刺激了拉吉的記憶。確實好像在哪裡看過那張臉……

「呵，這我倒是難以否定。不過，能派上用場的東西就全部利用一向是我的主義。」

扭曲嘴唇笑起來後，被稱為托卡的男人就以殷勤的手勢指著桌子後方的窗戶。

「那麼，勞煩你到屋頂來吧。這種程度的款待怎麼足以迎接有名的耶歐萊茵．哈連茲閣下呢。」

「恕難從命。今天的工作尚未結束呢。」

如此回答之後，機士團長就拿起插在地板的劍，把劍尖對準男人。

相對地，依然是雙手抱胸的托卡則緊閉起嘴唇。

拉吉感覺空氣傳出「嗶嘰」的摩擦聲。

飄盪在空中的激鬥殘渣發出細微的聲音不斷地爆開。拉吉在數梅爾之外的身體也受到強烈的壓力。

兩人正以心念力較勁。如果這個房間裡有心念計的話，無法想像會顯示出多少數值。

但均衡狀態只維持了幾秒鐘。

黏在機士團長瀏海上的汗水滴落到地板上的瞬間。團長身為劍士的纖細身軀就浮起來，以猛烈的速度被吹飛到後方。

心想「要撞上牆壁了」的拉吉屏住呼吸——

就在這個時候。

某個人的手臂出現在空無一物的空中抱住機士團長的身體。

響起「鏘、鏘」的細微聲響。停留在空中的團長周圍，逐漸生成微微透明的直向長門。

最後門變成了實體。那是一扇整個打開的水晶門。

極細門框後面是一片漆黑……不對，是夜空。從無數星星閃爍的夜空中流進冰冷的風。

繼手臂之後是腳從該處出現。再來是身體，然後是頭部。

來者是跟拉吉同年齡或者略為年輕一些的男性。身穿機士團的宇宙航行用騎士服。兩邊腰間各掛著一把長劍。頭髮是黑色，眼睛也是深沉的夜色——

拉吉知道年輕人的名字。那是今天上午，拉吉本人以機車將其從北聖托利亞市街送到宇宙軍基地的人物。名字應該是桐人……哈連茲機士團長充滿謎團的賓客。

拉吉原本認為是從人界外某處祕密來訪的特使之類的，不過似乎完全判斷錯誤。

桐人對用左臂抱住的機士團長咧嘴一笑，然後以右手撩起蓋在白色面具上的亞麻色捲髮並且說道：

「我來救你了，耶歐。」

（待續）

後記

謝謝大家閱讀這本《Sword Art Online刀劍神域27 Unital ring VI》。

雖然內心也想著「差不多該解決後記每次都從謝罪開始的狀況了」，不過本集也讓大家久等了，真的萬分抱歉……我的藉口是今年的前半年有許多除了小說之外的工作，在那些工作上花了太多時間，不過我入行也已經十三年，是時候該提升管理計畫表的技能了。明年也會把這個部分當成目標好好地努力！

（請注意以下會提及關於本書的內容。）

那麼，關於本集……有兩件事情必須要在這裡謝罪！在第26集的後記裡寫了「下一集開始終於要迫近團長之謎了」，但這本27集還是無法完全拉近距離……不過這是因為愛麗絲視點的部分有太多可以寫的內容，嗯……因為過了兩百年，這也是沒辦法的事。不知道本書是不是讓各位多少了解Moon cradle篇之後發生了哪些事情呢？雖然中央聖堂跟宇宙軍基地都陷入極大的危機當中，但下一集應該真的會以耶歐萊茵團長為焦點……！當然，我想終於覺醒的緹潔、羅妮耶、賽魯卡以及法那提歐也會極為活躍才對！

在此提出一點注釋。絲緹卡與羅蘭涅是緹潔與羅妮耶的子孫，不過每集的敘述讓究竟隔了幾個世代變得有些曖昧，於是在此做說明。「緹潔她們算第一代的時候絲緹卡她們是第七代」，所以嚴格說起來正確的表現是「隔了六個世代」。如此一來，緹潔與羅妮耶她們的小孩子，也就是第二代就很令人在意了，我想將來會有機會寫到他們才對。

再來就是……至今為止幾乎沒有描寫過的「未登場的老牌整合騎士」也只有編號出現而已。目前艾莉是說沒辦法從石化凍結狀態解凍，如果問題能解決的話他們也可能會在絕佳的時機之下登場，請大家務必想像一下「遠古七騎士」，也就是四號、五號、九號、十號、十三號、十四號、十五號究竟是什麼樣的人。

關於本書的內容就到此為止，接著來說一些現實世界的事情。

本集發售時，原本「劇場版 Sword Art Online刀劍神域 Progressive 陰沉薄暮的詼諧曲」應該上映一個多月的時間了，很遺憾的是因為新冠肺炎感染擴大的影響而延遲了上映日期，在寫本篇後記時新的上映時間也仍未決定。真的對滿心期待本作的各位相當抱歉，不過這是為了呈現更好的作品而不得不的延期，所以還請大家稍待片刻，等到上映之後請務必到電影院去捧場。

然後十一月也將舉行ＳＡＯ動畫十週年的紀念活動「Sword Art Online -Full dive-」。這個活動的劇本是由我撰寫，所有內容都是全新的故事。當然也預定會播放，能讓更多觀眾收視的話我也會很開心。

最後依照慣例是謝詞的部分。本集大幅更新了截稿進度落後的紀錄，給插畫家abec老師、責任編輯三木與安達添了很大的麻煩。寫到這裡再回頭看上一集的後記，發現幾乎寫了一樣的內容……雖然我的信用額度早就是零了，但還是要繼續保有「下集一定準時！」的意志！

那麼各位，將產生劇變的第28集也請多多指教了。

二〇二二年九月某日　川原　礫

[作者]安里アサト [插畫]しらび
86
—不存在的戰區—
Judgment Day: The hatred runs deeper.
Ep. 11
—Dies passionis—
EIGHTY SIX
ASATO ASATO PRESENTS
Kadokawa Fantastic Novels

Silent Witch 沈默魔女的祕密 1~3 待續

Kadokawa Fantastic Novels

作者：依空まつり　插畫：藤実なんな

參加棋藝大會比賽的莫妮卡將棋逢舊友!!
她的假身分即將被揭穿!?

三大名校舉辦棋藝大會，莫妮卡的母校米妮瓦亦將參賽。棋逢舊友的莫妮卡卯足全力變裝，然而……「看來我，虛假的校園生活……就要這樣，畫下句點了。」即使祕密有曝光之虞，極祕任務仍必須執行！無詠唱魔女要將趁虛而入的惡意徹底擊碎！

各 **NT$220~280/HK$73~93**

國家圖書館出版品預行編目資料

Sword Art Online刀劍神域. 27, Unital ring. VI/
川原礫作 ; 周庭旭譯. -- 初版. -- 臺北市 : 臺灣
角川股份有限公司, 2023.07
面； 公分
譯自 : ソードアート・オンライン. 27, ユナイタル・リング VI
ISBN 978-626-352-688-4(平裝)

861.57 112007612

Kadokawa
Fantastic
Novels

Sword Art Online刀劍神域 27

Unital ring Ⅵ

（原著名：ソードアート・オンライン27ユナイタル・リングⅥ）

2023年7月27日　初版第1刷發行

作　者：川原 礫
插　畫：abec
日版設計：BEE-PEE
譯　者：周庭旭
發行人：岩崎剛人
總編輯：蔡佩芬
副總編輯：朱哲成
美術設計：李思穎
印　務：李明修（主任）、張加恩（主任）、張凱棋
發行所：台灣角川股份有限公司
地　址：104台北市中山區松江路223號3樓
電　話：（02）2515-3000
傳　真：（02）2515-0033
網　址：www.kadokawa.com.tw
劃撥帳戶：台灣角川股份有限公司
劃撥帳號：19487412
法律顧問：有澤法律事務所
製　版：尚騰印刷事業有限公司
ISBN：978-626-352-688-4